D1934895

Jules Feiffer
Der Mann an der Decke

Jules Feiffer

Der Mann an der Decke

Roman

Aus dem Amerikanischen von
Brigitte Jakobeit

BELTZ
& Gelberg

Jules Feiffer, geboren 1929 in der Bronx, New York, studierte an der Arts Students League und am Pratt Institute. 1956 erschienen seine ersten Cartoons in dem New Yorker Magazin *Village Voice*, die ihn weit über die Grenzen der USA hinaus bekannt machten. Er veröffentlichte zahlreiche Bücher, Theaterstücke und Fernsehspiele und wurde mit vielen Preisen ausgezeichnet, darunter dem Outer Circle Award und dem Pulitzer Preis für seine politischen Karikaturen. *Der Mann an der Decke* ist sein erstes Buch, das er für Kinder schrieb und illustrierte. Jules Feiffer, der heute zu den renommiertesten Cartoonisten gehört, hat drei Töchter und lebt in New York.

© 1996 Beltz Verlag, Weinheim und Basel
Programm Beltz & Gelberg, Weinheim
Alle Rechte für die deutschsprachige Ausgabe vorbehalten
Copyright © 1993 by Jules Feiffer (Bilder und Text)
Die Originalausgabe erschien 1993 unter dem Titel
The Man in the Ceiling
Reprinted by arrangement with Michael di Capua Books/
HarperCollins Publishers
Lektorat Barbara Gelberg
Einband von Jules Feiffer
Handlettering von Kaja Schierl
Gesamtherstellung
Druckkhaus Beltz, 69494 Hemsbach
Printed in Germany
ISBN 3 407 79730 3

Jimmy geht mit seinem Vater zelten. Nicht im richtigen Leben, sondern in den Comics. Sein Vater trägt einen flachen Hut mit breiter Krempe und eine Safarijacke mit Taschen für alles mögliche: Landkarte, Kompaß, Taschenlampe, Angelhaken. So wie Jimmy ihn zeichnet, sieht er aus wie Indiana Jones.

Jimmys Vater kennt sich hervorragend im Wald aus. Nicht im richtigen Leben, sondern in den Comics. Mit sanften Berührungen an der Schulter führt er Jimmy durch das Dickicht. Ein Tippen auf die linke Schulter, und Jimmy geht nach links, ein Tippen auf die rechte Schulter, und er geht nach rechts. Jimmy mag es, wenn sein Vater ihn berührt. In dem Wald gibt es Bären. Und Schlangen. »Das machst du gut, Kleiner«, lobt ihn sein Vater, der sonst nicht viel redet.

1. Kapitel

Manchmal stellte sich Jimmy seinen Vater mit einem Kanu auf den Schultern vor, manchmal auch ohne. Es gab da nämlich ein Problem bei der Kanu-Idee: Beim Marsch durch das dichte Unterholz würde es doch höchstwahrscheinlich gegen Bäume knallen, sein Vater würde dann stolpern und womöglich in einen Sumpf mit lebendigen Alligatoren fallen. Eigentlich gar keine schlechte Idee. Oder anders: Was wäre, wenn sich das Kanu in den Ästen verhedderte und hoch über dem Boden einfach hängen bliebe? Das gefiel Jimmy sogar noch besser als die Sache mit den Alligatoren. Er mußte richtig lachen, als er die Szene zeichnete.

In den Geschichten, die Jimmy sich ausdachte, nannte ihn sein Vater »Kleiner«. Daß sein richtiger Vater ihn nie so nannte oder ihn nie zum Zelten in den Wald mitnahm, störte ihn wenig. Erstens hätte es dann nicht so viel Spaß gemacht, und zweitens war sein Vater viel zu beschäftigt und überarbeitet, um mit ihm Zelten zu gehen. Das Wort »überarbeitet« fiel am häufigsten, wenn von Jimmys Vater die Rede war. Bei seiner Mutter klang es immer sehr bedeutsam, fast ein bißchen geheimnisvoll, wie etwas, das Jimmy später auch mal bevorstand.

Vater brachte immer einen Stapel Papiere mit nach Hause. Sie stammten aus der Flugzeugfabrik, in der er sich überarbeitete und die nicht weit weg von Upper Montclair lag, wo Jimmy und seine Familie lebten. »Laßt bloß die Finger von meinen Papieren«, sagte Vater jedesmal, obwohl weder Jimmy noch seine Mutter oder Schwestern auch nur im Traum daran gedacht hätten, sie anzurühren. Ein Blick darauf genügte, um zu wissen, diese Papiere waren nicht zum Anfassen da. Sie waren voller *Gleichungen*. Vater hätte ebensogut sagen können: »Laßt bloß die Finger von meiner Atombombe.« Wie um alles in der Welt kam er bloß darauf, daß Jimmy überhaupt in Versuchung geraten könnte?

Gelegentlich zeichnete Jimmy auf dem Boden, gleich hinter dem Metallschreibtisch, wo Vater an seinen Papieren arbeitete. Das gab ihm das Gefühl, als seien sie Kollegen, zwei Männer (die zwei einzigen in der Familie), die eifrig geheimnisvolle Zeichen zu Papier brachten. »Geheimnisvoll« deshalb, weil Vater Jimmys Zeichnungen ebensowenig verstand wie Jimmy Vaters Gleichungen. Jimmy wurde unsicher, wenn er in Vaters Nähe zeichnete. Er bildete sich ein, daß Vater gar nicht an seinen Gleichungen arbeitete, sondern ihn aus den Augenwinkeln beobachtete. Und so zeichnete Jimmy jede einzelne Linie für Vater. Nicht daß Vater das kapiert hätte. Mutter kapierte es manchmal, aber sie war selbst Künstlerin, da konnte man das erwarten. Seine ältere Schwester Lisi kapierte es ebenfalls, aber sie war auch Jimmys größter Fan, also was soll's? Aber Vater? Nein, Vater kapierte das nie.

Es war so anstrengend, einen guten Indiana Jones zu zeichnen, daß Jimmy dabei laut stöhnte. Das Stöhnen

galt seinem Vater. Jimmy hoffte, daß er nur ein einziges Mal aufblicken und sagen würde: »Gar nicht so leicht wie's aussieht, Kleiner, stimmt's?« Aber Vater überhörte Jimmys Stöhnen. Gedankenverloren saß er über seinen Gleichungen. Manchmal dachte Jimmy sich etwas aus, um seine Aufmerksamkeit zu erregen. Einmal zum Beispiel fragte er: »Wenn jemand seine Arbeit liebt, ich meine richtig liebt, wäre es dann nicht gerecht, wenn er dafür weniger Geld bekommt?«

Dieser Gedanke beschäftigte ihn, weil er später mal Cartoons zeichnen wollte (was er sehr mochte) und er trotzdem Geld verdienen mußte, um eine Familie zu ernähren. Die Frage war also gar nicht so abwegig. »Vielleicht«, fuhr Jimmy fort, »sollte man für eine Arbeit, die Spaß macht, gar kein Geld bekommen – oder naja, Geld schon, aber nur für Essen, Fahrkarten und noch was fürs Kino. Ich meine, sollte man nicht mehr verdienen, wenn man eine Arbeit nicht leiden kann?«

Vater hörte auf, Zahlen zu notieren. Sein Blick verlor sich, und sein Gesicht nahm einen komischen, verkniffenen Ausdruck an. Es war, als versuchte er, Jimmys Worte in seine Muttersprache zu übersetzen. Aber das war unmöglich, denn schließlich sprachen sie beide dieselbe Sprache.

»Stör deinen Vater nicht, er ist beschäftigt«, sagte Jimmys Mutter genau in diesem Moment. Sie schien immer nur dann da zu sein, wenn sie Jimmy davon abhalten wollte, seinen Vater zu stören. Bei anderen Gelegenheiten sagte sie: »Stör deinen Vater nicht, er ruht sich gerade aus«, was einfach nicht stimmte. Jimmy erlebte nie, daß sein Vater sich ausruhte. Selbst im Schlaf sah er aus, als würde er arbeiten.

Und so beschloß Jimmy, sich an Stelle seines beschäftigten oder ruhenden (von wegen!) Vaters einen Vater zu schaffen, den er stören *konnte*. Und dieser Vater, sein Indiana Jones-Vater, war so ideal, daß Jimmy sich seinen richtigen Vater gar nicht so gewünscht hätte. Das hätte alles nur durcheinandergebracht. Er hatte nichts dagegen, seinen richtigen Vater mit seinen zwei Schwestern Lisi und Susu zu teilen. Aber Indiana Jones? Niemals!

2. Kapitel

Jimmys ältere Schwester Lisi verband etwas mit Vater, das Jimmy nicht teilen konnte: Sie schaute sich mit ihm Baseballspiele an. Jimmy mochte Baseball nicht, und das war der Grund, warum ihn mit seinem Vater nicht besonders viel verband und wohl auch nie würde. Denn was soll ein Vater mit einem Sohn anderes tun, als sich mit ihm über Baseball zu unterhalten, mit ihm Baseball zu spielen oder anzusehen? Und mit Jimmy über Baseball zu reden war reine Zeitverschwendung. Hätte Vater sich mit Jimmy über Superhelden unterhalten wollen, wären sie vielleicht richtige Freunde geworden, aber von Baseball hatte Jimmy nun mal keine Ahnung. Außerdem hatte er überhaupt kein Talent für das Spiel.

Vater fehlte also ein Partner, er hatte niemanden, dem er den Ball zuwerfen oder Anweisungen geben konnte. Und da er Jimmy keine Ratschläge erteilte, gab er sie den Spielern im Fernsehen, und Lisi durfte zuhören. »Wenn zwei Männer draußen stehen und noch keiner unterwegs ist, muß man sie doch auf die zweite und dritte Base bringen. Natürlich darf der Schlagmann den Ball dann nur anticken, was für ihn das sichere Aus bedeutet. Aber es bringt die Läufer in Punktposition, und du hast noch zwei gut, um sie nach Hause zu holen. In diesem Fall natürlich nicht. Denn

wenn Dombrowski an der Platte steht und Mertz wirft (und der trifft doch nicht mal ein Scheunentor), schlägt Dombrowski den Ball garantiert nicht kurz. Wahrscheinlich täuscht er nur einen kurzen Schlag an, um den Werfer zu verwirren, aber glaub mal deinem Alten, Dombrowski haut drauf, was das Zeug hält. Klar, das Innenfeld steht weit drinnen, falls er den Ball doch nur antickt, aber die Außenfeldspieler sind weit hinten und warten auf den langen Ball.« Diese Art von Gerede, das Lisi anscheinend verstand, klang für Jimmy wie Gleichungen.

Aber bitte, versteh das mit Vater nicht falsch. Nicht, daß er Jimmy nicht gern hatte, nur wußte er einfach nicht, was mit ihm los war. Er wollte einen Sohn, mit dem er Treffer- und Werferquoten austauschen konnte. Statt dessen hatte er Jimmy. Er versuchte, das beste daraus zu machen. Natürlich war er trotzdem wie ein Vater, er bezahlte Jimmys Essen und Kleider, seine Weihnachts- und Geburtstagsgeschenke. In der Beziehung war er gut. Und er fand trotz allem Anlässe, um mit Jimmy zu reden. »Mußt du deine Bilder denn überall auf dem Boden rumliegen lassen?« sagte er manchmal, oder »Könntest du den Fernseher vielleicht auf Schreilautstärke stellen?« Manchmal sagte er allerdings auch verletzendere Sachen wie: »Na, schaffst du immer noch null Treffer bei neunzig Versuchen? Haha.«

Jimmy glaubte nicht, daß Vater ihn bewußt verletzen wollte. Er wußte ganz einfach nicht, wie er sich einem Sohn gegenüber verhalten sollte, der Bilder malte. Jimmy ließ die Zeichnungen, über die Vater sich beschwerte, mit Absicht überall auf dem Boden rumliegen. Vielleicht, so hoffte er, würde Vater sie ganz zufällig finden, die erste Seite aufheben, sich dann die folgenden zehn oder fünfzehn Seiten vornehmen und

völlig verblüfft sein. »*Das* soll ein zehneinhalbjähriger Junge gezeichnet haben? Unglaublich!« Genau das hörte Jimmy seinen Vater schon sagen. Aber er sagte es nie.

Sein Indiana Jones-Vater hätte solche Dinge gesagt, sein Indiana Jones-Vater machte ihm immer Mut.

Und Jimmy, der in seinen Comics nicht Jimmy, sondern Bob hieß, sprang von der Klippe…

Und sein Indiana Jones-Vater fing ihn auf.

»Er erinnert mich ein bißchen an deinen Bruder Lester«, hatte Vater schon des öfteren zu Mutter gesagt, als sie über Jimmy redeten. Das war nicht besonders nett. Vater war nämlich kein Fan von Mutters Bruder Lester. Doch darauf komme ich später noch zurück. Viel wichtiger ist im Moment Mutters Antwort, denn die sagt einiges über sie aus. Ihre Antwort lautete: »Ja, ja. Ich muß noch einiges erledigen, es ist schon spät.«

Und was auch immer sie erledigen mußte, und Mütter müssen tausend Sachen erledigen (und da Jimmys Mutter berufstätig war, konnte sie mit Recht behaupten, daß sie tausendundeine Sache erledigen mußte), es mußte ausgerechnet immer dann sein, wenn Vater auf Jimmy zu sprechen kam. Mutter wollte nicht mit Vater über Jimmy reden. Jimmy gehörte *ihr*, Lisi *ihm*. Vater und Lisi sahen sich zusammen Baseball an, spielten Scrabble miteinander und lachten über Witze, die Mutter nicht kapierte. Aber Jimmy gehörte ihr, und selbst wenn sie ihn manchmal auch nicht verstand, so war sie doch viel nachsichtiger als Vater. Wenn Mutter etwas nicht begriff, überspielte sie es normalerweise mit einem Lachen. Bei Jimmy überspielte sie vieles mit einem Lachen, aber immerhin lachte sie nicht auf seine Kosten.

3. Kapitel

Eines Tages kam Jimmy vom Keller herauf (wo er heimlich seine Comics zeichnete) und erwischte Lisi, wie sie Vater einige seiner wirklich alten Kritzeleien zeigte. Kritzeleien, die schon über einen Monat alt waren und für die er sich schämte. Lisi zeigte gerade auf ein Bild. »Das bist du«, sagte sie. Und Vater antwortete: »Das bin doch nicht ich«, worauf Lisi sagte: »Doch, das bist du. Du siehst genauso aus.«

Das mochte zutreffen oder nicht, auf alle Fälle war es eine große Dummheit, Vater so etwas zu sagen. Vor allem, weil Lisi ihm damit nur beweisen wollte, was sie und Mutter längst wußten, Vater aber nicht: Jimmy war ein wirklich guter Künstler. Aber so durfte man nicht an die Sache rangehen. Vater schielte auf Jimmys Comic-Zeichnung. Er wußte, wie er aussah, und mit dem Blödmann in der Safarijacke hatte er nun wirklich keine Ähnlichkeit. »Meine Nase ist *nicht* so groß«, schnaubte Vater. »Und wo bitte ist mein Kinn?«

Jimmy war am Boden zerstört. Daß die Indiana Jones-Figur eine erfundene Version von Vater war, wußte Lisi überhaupt nur deshalb, weil sie es aus ihm rausgekitzelt hatte. Sie kitzelte nämlich sämtliche Geheimnisse aus ihm heraus, und diese Eigenschaft haßte er am meisten an Lisi, nach der er sonst ganz verrückt war – abgesehen von ihrer herrischen Art, über die du im nächsten Kapitel einiges erfährst.

Es war ein Fehler, Lisi etwas zu erzählen. Eigentlich sollte sie gar nichts von Indiana Jones wissen. Niemand sollte von ihm wissen, bis auf Vater, und der sollte es ganz allein herausfinden, wenn er die Zeichnungen aufhob und dann sagte: »Mußt du deine Bilder denn überall auf dem … He, was ist denn das? Der sieht ja aus wie ich! Mann, ich als Indiana Jones!«

Aber Lisi mußte alles verderben, denn natürlich glaubt keiner, daß ihm eine Zeichnung ähnlich sieht, wenn ein anderer ihn darauf hinweist. So etwas muß man selber entdecken. Das war eine von Jimmys Regeln. Er hätte Lisi am liebsten umgebracht.

Als Comic-Figur war Indiana Jones damit ruiniert. Soviel stand ein für allemal fest. Er war ein guter, wahrscheinlich sogar ein großartiger Held gewesen. (Allein wie er einem kampflustigen Krokodil ein Stück Treibholz zwischen die Kiefer klemmte!)

Aber Lisi hatte Jimmy bloßgestellt. Und Vater hatte geschnaubt. Geschnaubt! Hundertmal spulte Jimmy die Szene im Kopf ab, und jedesmal wäre er fast gestorben. Indiana mußte verschwinden, ersetzt werden. Aber wer könnte einen Indiana Jones ersetzen?

Über diese Frage grübelte Jimmy die beiden folgenden Nachmittage nach. Zu seiner kleinen Schwester Susu war er in der Zeit viel unfreundlicher als sonst.

»Spiel mit mir, Jimmy.«

»Hau ab, du Nervensäge.«

Susu war fünf. Sie dachte, »Hau ab, du Nervensäge« sei ein Scherz. Jimmy konnte noch so grob zu ihr sein, sie hielt es immer für einen Scherz. Manchmal war es ja auch einer, manchmal aber auch nicht. Diesmal war es jedenfalls keiner. Doch für Susu änderte das gar nichts. Sie war völlig versessen auf ihren großen Bruder.

»Spiel mit mir, Jimmy.«

»Hau ab, oder ich zieh dir jeden Zahn einzeln raus.«

»Spiel mit mir, Jimmy.«

Aber Susu mußte warten.

»Jimmy, du mußt mir was besorgen.«

Mutter mußte warten.

»Wo steckt dieser Junge denn jetzt schon wieder?«

Die Hausaufgaben mußten auch warten. Jimmy brauchte einen neuen Helden. Einen Helden, dessen Glanz weder Lisi noch Vater trüben konnten. Einen, den sie nie zu Gesicht bekommen würden. Und falls sie ihn doch in fünfzig Jahren oder so zu Gesicht bekommen würden, wenn Jimmy alt und vielleicht schon tot war, dann würden sie denken: »Wenn wir bloß gewußt hätten, daß er schon mit zehneinhalb so einen Helden erfunden hat!«

Jimmy probierte alles mögliche aus, aber nichts klappte. Er fühlte sich immer schlechter, klein und nutzlos. Und weil er sich langweilte und ihm nichts besseres einfiel, zeichnete Jimmy sich klein und nutzlos. Da ging ihm ein Licht auf, so wie Glühbirnen im Comic aufleuchten, wenn jemand eine Idee hat. Er malte seiner kleinen und nutzlosen Figur eine schwarze Maske und ein Cape. Irgend etwas stimmte noch nicht. Er änderte die Maske in eine Kapuze um. Dann betrachtete er die Gestalt, die er geschaffen hatte, und war hingerissen. Vermutlich hatte er soeben seinen bisher großartigsten Helden gefunden. Er sah so klein und nutzlos aus, daß wahrscheinlich alle Verbrecher dachten, sie könnten ihn problemlos töten. Doch sie konnten ihn fangen, foltern und mit Autos oder sogar Panzern überrollen, aber niemand, absolut *niemand*, konnte *Minimann* wirklich besiegen!

MINI MANN
Der kleinste lebende Mensch
BART BOYLE, DER ABENTEURER HAT DIE URALTE MAGIE SEINE VORFAHREN VON SEINEM URALTEN CHINESI-SCHEN MEISTER GELERNT JETZT HILFT ER DEN GEKNECHTETEN UND UNTERDRÜCKTEN DENN ER IST MINIMANN
ER IST SO KLEIN, DASS KEIN VERBRECHER IHN FANGEN KANN, KEIN VERBRECHEN UNGERÄCHT BLEIBT
Jimmy
erzählt und gezeichnet von Jibbel

DAS FOTOMODEL LINDA GEHT BEI VOLLMOND NACH HAUSE!
UN-HEIMLICH!
WAS IST D...
STIRB!
AAH!
SPÄTER...
BART, ICH DACHTE SIE WÄREN IN CHINA?
ICH BIN WIEDER DA KOMMISSAR!
GIBT'S HIN-WEISE?
DA, EIN BRIEF!
MORGEN SCHLAGE ICH WIEDER IM PARK ZU. SCHNAPPT MICH DOCH, IDIOTEN, HAHA
GEZEICHNET SCHWARZE FLEDER-MAUS
MEIN ALTER FEIND HMMM!

AM NÄCHSTEN ABEND!
OB DIE SCHWARZE FLEDERMAUS WOHL AUF MEINE VERKLEIDUNG HEREINFA....
EIN GRIFF WIE AUS STAHL!
STIRB!
WA..
BEVOR BART ERWÜRGT WIRD, SPRICHT ER DIE ALTEN CHINESISCHEN WORTE SEINES MEISTERS!
MING YING
BART IST AUF DIE GRÖSSE EINES KIESELSTEINS GESCHRUMPFT, DENN NUN IST ER MINIMANN!
WAS ZUM...
DU BELÄSTIGTST MIR KEIN MÄDCHEN MEHR!

UGH
DU KANNST GERN NOCH MEHR HABEN!
VERGRÖSSERUNGSGLAS
HAT DIE SCHWARZE FLEDERMAUS ENDLICH IHREN MEISTER GEFUNDEN?
FEDER-LEICHT!
EILPOST FÜR DIE POLIZEI!
AM NÄCHSTEN TAG!
NA, SIE HABEN DEN MÖRDER JA GESCHNAPPT!
UND OB! OHNE DEINE HILFE!
HA HA
GRRR
WENN DER WÜSSTE!

4. Kapitel

»Eile herbei, mein Sklave!« kommandierte Lisi.

»Ich bin nicht dein Sklave!« schnauzte Jimmy.

»Keine Widerrede, Sklave!« schnauzte Lisi zurück. Lisi beherrschte die Schnauzerei natürlich weit besser als Jimmy.

Sie spielte gerade »Sklavenkaiserin«, ein Spiel, das seit ungefähr einem Jahr allen bis auf Lisi zum Hals raushing. Aber wenn Lisi beschloß, mit Jimmy und Susu zu spielen, dann wurde gespielt. Und wenn sie beschloß, »Sklavenkaiserin« zu spielen, dann wurde es gespielt. Und wenn sie beschloß, »Amazonenkönigin« zu spielen, dann wurde eben das gespielt. Manchmal spielte sie auch »Catwoman«, die Fernsehmoderatorin »Oprah«, die Komikerin »Roseanne« oder »Jane aus dem Dschungel« (Tarzan war tot, ermordet von weißen Jägern, und Jane rächte seinen Tod immer wieder in jedem Zimmer im Haus).

»Du bist mein Höfling«, verkündete Lisi.

Sie stand barfuß auf dem Bett ihrer Eltern, eingehüllt in einen bunten neuen Vorhangstoff, der noch aufgehängt werden mußte, obwohl er schon seit Wochen herumlag. (»Darum muß ich mich heute unbedingt kümmern«, sagte Mutter jeden Morgen beim Aufstehen, als würde sie die Vorhänge zum ersten Mal bemerken.)

»Ich bin die Kaiserin. Und du bist mein Höfling. Verneige dich vor mir.«

Jimmy und Susu durften nicht mit Lisi auf dem Bett stehen, weil sie von niederem Rang waren. »Was ist ein Höfling?« fragte Jimmy, der vor seiner Schwester nur äußerst widerwillig zugab, daß sie Wörter kannte, die er noch nie gehört hatte.

»Ein Diener«, sagte Lisi so, als wäre er wirklich einer.

»Ich bin kein Diener. Ich bin ein Ritter der Tafelrunde!«

»Alle Untertanen der Kaiserin sind ihre Diener.«

Jimmy steckte mal wieder in der gleichen Klemme, wie bei jeder Auseinandersetzung mit Lisi. Egal, ob sie die Kaiserin, den Rockstar oder die Gastgeberin in ihrer eigenen Talk-Show spielte, Jimmy verlor jeden Streit mit ihr.

Wenn er zum Beispiel felsenfest davon überzeugt war, er wüßte genausogut, ob – na, sagen wir mal, ob es besser ist, bei einem Autounfall oder einem Flugzeugabsturz ums Leben zu kommen, dann fingen er und Lisi an zu diskutieren: Autounfall oder Flugzeugabsturz? Die Diskussion führte immer zu einem Streit: »Im Auto ist es besser«, meinte Jimmy, »denn du knallst gegen was und päng! ist es aus und vorbei. Wenn du aber im Flugzeug sitzt, dann fällst du und fällst und alle schreien ›Ich will raus hier!‹ Aber du kannst nicht, wie im Auto, in letzter Sekunde rausspringen und dich retten.«

Lisi hatte einen bestimmten Gesichtsausdruck, den Jimmy ganz besonders haßte. Dieser Ausdruck sagte ihm: Du bist wahnsinnig. Sobald sie diesen Ausdruck aufsetzte, redete sie mit ihm wie mit jemandem, der etwas zurückgeblieben ist. »Und was ist, wenn du überlebst, aber schwere Verbrennungen hast und zum Krüppel wirst und dein restliches Leben im Rollstuhl sitzt? Wenn überall aus deinem Körper Röhrchen und Plastikbeutel rausgucken, dein Kopf in die eine Richtung gedreht ist und dein Körper in die andere, und wenn du sprechen willst, kommt nur ein grunzendes ›Uhhh-uhh‹ raus? Genau das passiert nämlich bei einem Autounfall!«

Damit war Jimmy der Boden unter den Füßen weggezogen. Lisi stritt mit solcher Überzeugungskraft, daß er einfach keine Chance hatte. Er kam sich ertappt, im Unrecht und dumm vor. Aber ganz tief im Innern wußte er, daß er klug war und recht hatte, aber ein miserabler Streiter war.

5. Kapitel

»Mal ein Bild von mir!« bettelte Susu.

»Hau ab, Nervensäge.« Jimmy sagte das so oft zu Susu, daß er es schon gar nicht mehr merkte. Er war in eine *Minimann*-Episode vertieft. Minimanns Erzrivale und rächender Alptraum, der Flammenmann (der heißeste lebende Mensch – eine Berührung und du gehst in Flammen auf), zündete gerade die Schule an. Kinder konnten bei lebendigem Leibe verbrennen! Diesen niederträchtigen Plan konnte nur Minimann durchkreuzen. Und da unterbricht ihn Susu, damit er ein Bild von ihr malt! So eine Frechheit! Das letzte, wonach Jimmy gerade der Sinn stand, war Susu oder sonst jemanden aus dem richtigen Leben zu zeichnen. Letztlich ging es beim Zeichnen doch darum, etwas aus der Phantasie zu zeichnen. Sogar Vater als Indiana Jones war eine Erfindung. Und Vater sagte nicht »Mal ein Bild von mir.« Niemals hätte er das gesagt. Und Jimmy hätte es auch nie getan, denn warum sollte man als Künstler sein Talent verschwenden und Dinge zeichnen, die man direkt vor der Nase hatte? Das war doch sinnlos.

Es gab da noch eine Sache, an die Jimmy nicht gern dachte: Etwas aus dem richtigen Leben zu zeichnen, war viel schwieriger, als sich etwas auszudenken. Wenn Jimmy einen echten Baum (oder ein Auto oder einen Hund) gemalt hatte, war er noch nie so gewor-

den, wie er hätte werden sollen. Der echte Baum, das Auto oder der Hund unterschieden sich erschreckend von denen auf seinen Bildern. Wenn er aber einen Baum zeichnete, ohne auf einen echten zu gucken, wer konnte dann ernsthaft behaupten, daß es nicht das perfekte Baumbild aus seiner Phantasie war? Dasselbe galt für Autos und Hunde.

»Was zeichnest du denn da?« fragte Lisi plötzlich in einem Ton, der soviel bedeutete wie »Hab ich dich erwischt!« Wo kam sie bloß her? Susu war verschwunden, und wie durch Zauberei stand nun Lisi an ihrer

Stelle. Mutter, der andere Künstler in der Familie, wurde nie gestört. Sie hatte ihren eigenen Platz zum Arbeiten, einen besonderen Platz, den sie »Sanctum sanctorum« nannte, also »Allerheiligstes«. Und das bedeutete, daß es bloß keiner wagen sollte, dorthin zu gehen und zu sagen »Mal ein Bild von mir« oder »Was zeichnest du denn da?« Mutter war Modezeichnerin, was in Jimmys Augen viel unwichtiger war, als Superhelden zu zeichnen. Aber ihn durfte man unterbrechen und sie nicht. Es war so ungerecht.

Lisi war verletzt, weil Jimmy ihr seine Comics nicht mehr zeigte. Allein schon ihre Anwesenheit, ihre einschüchternde Art und ihr durchdringender Blick machten klar, was sie von ihm erwartete. Doch Jimmy dachte gar nicht daran, eine Wiederholung der demütigenden Indiana Jones-Geschichte zu riskieren (»Meine Nase ist nicht so groß. Und wo bitte ist mein Kinn?«). Und deshalb war Lisi verletzt.

Es war nicht sehr ratsam, Lisis Gefühle zu verletzen. Das konnte dazu führen, daß – nun, wir werden bald sehen, wohin das führen konnte. Jedenfalls würde niemand mit gesundem Menschenverstand dort enden wollen.

»Deine blöden Zeichnungen sind mir vollkommen egal – hol mir lieber ein paar Schokokekse und ein Glas Milch.«

Dies war eine verschlüsselte Bemerkung. Jimmy verstand sie sehr gut. In *Wirklichkeit* sagte Lisi nämlich: »Entweder du zeigst mir wieder deine Zeichnungen, oder ich mach dir das Leben zur Hölle. Und du weißt genau, ich bin ein Mädchen, das dazu imstande ist.«

Schnell spielte Jimmy eine mögliche Strategie durch: Wenn ich meine Zeichnung verstecke, in die Küche gehe und ihr die blöden Kekse und die Milch hole, bin ich gleich wieder hier, und dann muß sie abziehen. Wenn ich das nicht mache – was ich eigentlich auch nicht sollte ... Innerlich schauderte ihm vor den Folgen. Äußerlich seufzte er tief auf, um Lisi zu zeigen, welches Opfer er ihr aus reiner Herzensgüte brachte. Dann stand er betont langsam auf, damit sie nicht etwa dachte, er hätte Angst, und ging in die Küche.

»Spiel mit mir, Jimmy«, sagte Susu, die in der Küche war und auf genau diesen Augenblick gewartet hatte.

»Ich bin beschäftigt«, sagte Jimmy und öffnete den Kühlschrank.

»Spiel mit mir, Jimmy.«

»Haust du jetzt endlich ab?« Jimmy mußte fast das ganze obere Kühlschrankfach ausräumen, um an die Milch zu kommen.

»Wenn du nicht mit mir spielst, dann stör ich Mutter«, sagte Susu.

Das allerdings war eine ziemlich ernst zu nehmende Drohung. Mutters Allerheiligstes bestand aus einer winzigen vollgestopften Ecke auf dem Dachboden. Mutter war so winzig wie der Zeichentisch, an dem sie ihre Modelle entwarf. Die beiden paßten auf den Zentimeter genau unter die Dachbalken. Eigentlich war Mutter die friedlichste Frau der Welt, außer sie wurde in ihrem Allerheiligsten gestört. Jimmy saß in der Falle.

Aber er konnte sich nicht mit zwei Erpressungen gleichzeitig befassen. Und so vergaß er über die eine Erpressung in der Küche (von Susu) völlig die zweite,

die im Wohnzimmer auf Milch und Schokokekse wartete. Er knallte den Kühlschrank zu. »Aber nur eine Geschichte!« knurrte er. Susu nickte verzückt. Sie war es nicht gewöhnt, daß sie ihren Willen bekam, was man von Lisi nicht behaupten konnte.

Jimmy begann die Geschichte wie immer: »Es war einmal ein schlauer kleiner Bär, der hieß ...« Dann machte er eine Pause und wartete, bis Susu den Namen sagte.

»Schlaue Ente!« rief Susu. Sie lieferte immer den falschen Namen.

»Nein. Es war einmal ein schlauer kleiner Bär, der hieß, äh ...« Er machte wieder eine Pause und tat, als hätte er es vergessen.

»Schlaue Maus!« schrie Susu.

»Nein, nein«, verbesserte Jimmy. »Es war einmal ein schlauer kleiner Bär, der hieß ...« Jimmy wartete. Insgeheim kicherte er. Er wußte, daß Susu insgeheim auch kicherte, obwohl sie so tat, als würde sie nachdenken.

»Schlaues Pferd?« half Jimmy nach.

»Nein.«

»Schlaue Katze?« schlug Jimmy vor.

»Nein.«

»Schlauer *Bär*!« brüllte Jimmy.

»**JIMMY, WO BLEIBST DU DENN?**«

Jimmy mochte Lisi und die Milch und die Kekse vielleicht vergessen haben, aber Lisi vergaß nichts.

Plötzlich stand Lisi in der Küche, und sie starrte Jimmy und Susu so streng, so böse, so brutal an, daß Jimmy, noch ehe sie etwas sagte oder machte, kreidebleich wurde und Susu zu weinen anfing.

Jimmy erstarrte unter Lisis Zorn wie ein kleines, vom Scheinwerferlicht geblendetes Tier, dabei hatte er doch, um genau das zu vermeiden, Milch und Kekse holen wollen. Lisis Zorn war, es gibt kein anderes Wort dafür, furchterregend. Sie fürchtete sich selber davor, aber sie konnte ihn nicht kontrollieren – er kontrollierte sie. Sobald dieser Zorn in ihr aufwallte, packte er Lisi und ließ sie nicht mehr los, bis sich all seine Kraft verbraucht hatte (und die wurde immer verbraucht) und jedem in Hörweite das Blut in den Adern gefror.

Nun könnte ich natürlich auf den nächsten fünf Seiten erzählen, was Lisi alles sagte, und um die Lautstär-

ke zu betonen, müßte das Ganze in Großbuchstaben gedruckt werden. Doch es wäre langweilig, Zeile für Zeile das gleiche zu lesen, also vergessen wir's. Ein paar Beispiele möchte ich dir trotzdem geben: »**NACH ALLEM, WAS ICH FÜR DICH GETAN HABE, BITTE ICH DICH UM EINEN EINFACHEN GEFALLEN!**« und »**DU BIST SO UNGERECHT!**« und »**DU KÜMMERST DICH NUR UM DICH!**« und »**DU BIST SO EGOISTISCH, ICH KANN ES NICHT FASSEN! ICH KANN ES NICHT FASSEN! ICH KANN ES NICHT FASSEN!**« Für die vielen **ICH KANN ES NICHT FASSEN** würde man eine ganze Seite brauchen. Dann kämen vielleicht noch zwei Seiten mit **WIE KANNST DU ES WAGEN**. Nach alldem hättest du einen ziemlich schlechten Eindruck von Lisi, was aber falsch wäre, denn bis auf ihren Zorn, über den sie bekanntlich keine Kontrolle hatte, war sie genauso nett und freundlich wie jede andere Zwölfjährige auch.

Lisi liebte ihre Familie, vor allem ihren Vater und ihren Bruder. Sie hatte viele Freunde, viel mehr als Jimmy. Sie schrieb Briefe an Verwandte und bedankte sich immer für Geschenke. Sie ermutigte Jimmy mehr als jeder andere zum Zeichnen, sogar mehr als Mutter. Ohne ihren unglaublichen Zorn hätte Lisi einer der nettesten drei oder vier Menschen auf der Welt sein können.

Plötzlich kam Mutter mit verkrampftem Gesicht und funkelnden Augen aus ihrem Allerheiligsten die Treppe heruntergeflitzt. »Ich wüßte zu gern den Grund für diese Ruhestörung.« In der einen Hand hielt sie einen Pinsel, in der anderen eine Tube mit

blauer Aquarellfarbe. Ihre Hände waren genauso verkrampft wie ihr Gesicht, was nicht sehr klug war: Die blaue Aquarellfarbe lief von der Tube auf ihre Finger und dann ihr Hosenbein entlang. »Ich warte immer noch auf eine Erklärung für diese Ruhestörung.« Mutters Hände waren ständig voller Aquarellfarbe, was sich übrigens auch von ihren gesamten Kleidern – außer den besten – behaupten läßt. »Möchte mir niemand sagen, was es mit dieser Ruhestörung auf sich hat?« Es ist natürlich schwer, das Wort »Ruhestörung« so oft hintereinander zu benutzen, ohne sich damit langsam lächerlich zu machen. Vor allem, wenn keiner antwortet.

Im Gegensatz zu Lisi war Mutter ein ruhiger Mensch – nicht leicht zu verärgern und schnell wieder versöhnt. Und da Lisi (sie hatte kein Wort von dem verstanden, was Mutter gesagt hatte) immer weiter brüllte »**ICH BITTE DICH UM EINEN EINFACHEN GEFALLEN**«, richtete Mutter ihren Blick jetzt auf Jimmy.

»Jimmy, du entschuldigst dich bei Lisi.«

Jimmy war empört. Die Ruhestörung ging doch auf Lisis Rechnung! Er drehte der ganzen Ungerechtigkeit den Rücken zu, so daß Mutter sich nur noch Lisi gegenüber sah. »Jimmy entschuldigt sich, Lisi.«

Aber dieser Trick zeigte bei Lisi genauso wenig Wirkung wie das Wort »Ruhestörung«, weshalb Mutter wieder die Taktik wechselte. »Ich finde, wir sollten alle ein bißchen großzügiger miteinander umgehen. Am besten, wir fangen jetzt gleich damit an, in Ordnung?«

Den Ausdruck »großzügig« benutzte Mutter fast ebensooft wie »Ruhestörung«. Es konnte Verschiedenes bedeuten, je nachdem, wie sie es einsetzte. Was genau, mußten die Kinder selbst herausfinden. Manchmal verwendete sie es wie 1. »Eine großzügige Portion Eis« oder 2. »Sei großzügig zu den Obdachlosen« oder 3. »Ich will mal großzügig sein, ihr dürft heute abend lange aufbleiben.«

»Großzügig« konnte »groß«, »nett« oder »gut« bedeuten, ja sogar »dumm«, dann hieß es »Du bist so großzügig, daß du dir selber schadest.«

Wenn ich das Ende dieses Kapitels illustrieren würde, wofür mir keine Zeit bleibt, weil ich noch wichtigere Zeichnungen für dieses Buch machen muß, dann sähe das so aus: Lisi sitzt am Küchentisch, trinkt ein großes Glas Milch und ißt die Schokokekse, die Jimmy ihr schließlich doch geholt hat, damit der Streit ein Ende hat. Lisi wirkt ziemlich zufrieden mit der Welt. Im Hintergrund stehen Jimmy und Susu in einer Art Schockzustand, so ähnlich wie nach einem Autounfall, bei dem keiner ums Leben gekommen ist, aber jeder sich wundert, warum eigentlich nicht. Mutter fehlt auf dem Bild. Sie ist zu schnell wieder in ihr Allerheiligstes gerannt.

6. Kapitel

Susu interessierte sich nicht für Superhelden, nicht einmal für einen so ungewöhnlichen wie Minimann. Daher dachte sich Jimmy Geschichten für sie aus, die sich für ihre Altersstufe eher eigneten. Und das waren die Geschichten vom Schlauen Bär. Es wäre schön, wenn man behaupten könnte, daß Jimmy sie aus reiner Liebenswürdigkeit erfand, aber das wäre gelogen. Er erzählte ihr die Geschichten nur, damit er Susu los wurde.

Er hatte schon alles mögliche probiert, um sie loszuwerden. Zuerst hatte er versucht, sie zu beleidigen. Das war gar nicht so einfach. Jimmy konnte sich noch so sehr anstrengen, ekelhaft zu sein, sie hielt es immer für einen Scherz. So verrückt war Susu nach Jimmy. Es dauerte sehr lange – viel länger, als wenn er mit ihr gespielt hätte –, bis Susu beleidigt war. Und der Schuß ging immer nach hinten los. Meistens rannte sie dann nämlich heulend ins Allerheiligste hinauf, und Mutter kam daraufhin die Treppe heruntergeflitzt und sagte: »Könntest du Susu gegenüber nicht ein bißchen großzügiger sein? Ich hoffe nur, daß dich nie jemand so behandelt wie du Susu.« Damit war Mutter verschwunden, und Jimmy mußte für den Rest seines Lebens (so jedenfalls kam es ihm vor) mit Susu spielen.

Aber Jimmy war durchaus großzügig. Obwohl er

die Geschichten vom Schlauen Bär am Anfang als lästige Pflicht empfand (eine lange alberne Geschichte und Jimmy konnte sich wieder seinen Comics widmen), fesselten ihn die Geschichten zu seiner eigenen Überraschung, und mit der Zeit hatte er sogar seinen Spaß daran. Aus Stolz behielt er das natürlich für sich.

Den Schlauen Bär werde ich wohl selbst zeichnen müssen, denn obwohl Jimmy ihn erfunden hat, würde er nicht im Traum daran denken, ihn zu zeichnen. Er befürchtete nämlich, daß keine seiner Zeichnungen dem Schlauen Bär aus Susus Phantasie gerecht werden könnte. Susu hatte wohl ähnliche Befürchtungen. Jedenfalls bat sie ihn nie darum.

Die Figur des Schlauen Bär war von Winnie-the-Pooh beeinflußt, und zwar dem aus dem Walt Disney-Film, nicht dem aus dem Buch. Jimmy hatte vor, später auch mal für die Disney Studios zu zeichnen. Er wollte eigene Figuren wie Minimann erfinden. Minimann stellte er sich gern auf der Leinwand vor, allerdings im Disney-Stil gezeichnet, denn sein eigener war noch nicht gut genug. Wenn er so um die einundzwanzig wäre, glaubte Jimmy, wäre es soweit.

Eine Sache wußte Jimmy schon jetzt ganz sicher: Er würde eines Tages, und zwar auf jeden Fall, bevor er so alt war wie sein Vater, ein berühmter Comic-Zeichner sein. Diese Gewißheit war sein bestgehütetes Geheimnis. Er erzählte es keinem Menschen, nicht einmal Lisi, der es früher oder später immer gelang, seine Geheimnisse zu entlocken. Aber das mit dem berühmten Comic-Zeichner bestimmt nicht.

7. Kapitel

So wie Jimmy die Lage sah, hatte er gar keine andere Wahl, als später ein großer Comic-Zeichner zu werden. Nur das entschädigte ihn für die furchtbare Last, die er im Augenblick zu tragen hatte: Jimmy war nämlich in allem, was bei einem Jungen zählt, ein Versager.

In Amerika ist es beinahe unmöglich, als Junge erfolgreich zu sein, wenn man nicht *Baseball* spielen kann. Jimmy konnte zwar ganz gut werfen, aber der Ball flog nie weit und landete nie dort, wo er ihn hinwarf. Entweder sauste er höher oder tiefer durch die Luft, aber er kam nicht annähernd da hin, wo Jimmy ihn hinhaben wollte. Dabei sah er gar nicht schlecht aus, wenn er in Wurfposition ging. Wie man das machte, hatte er im Fernsehen gesehen: hinstellen, sich drehen, bevor man wirft, dann werfen und zur nächsten Base rennen – was nur gut aussieht, wenn der Kopf unten und die Schultern oben sind und die hin und her pumpenden Arme eng am Körper anliegen und nicht wie Windmühlenflügel in der Luft herumfuchteln; so hätte es Jimmy wahrscheinlich gemacht, wenn er es nicht im Fernsehen gesehen und gelernt hätte.

Natürlich bekam Jimmy gar nicht erst die Chance, zur nächsten Base zu rennen. Er wurde fast nie in die Mannschaft gewählt. Keiner wollte ihn. Er konnte nämlich nicht nur keinen Ball werfen, sondern auch nicht schlagen und ebensowenig fangen. Für den Gegner war er eine dreifache Null-Bedrohung. Aber du mußt mir nicht glauben, du kannst dich selbst davon überzeugen. Hier ist Jimmy, er steht im rechten Feld.

Wenn andere Jungen in dieser Position stehen und ein Flugball in ihre Richtung kommt und sie »Ich hab' ihn, ich hab' ihn!« schreien, dann kriegen sie ihn auch. Jetzt kommt Jimmy. Ein Ball fliegt in seine Richtung.

Er weiß genau, was er schreien muß: »Ich hab' ihn! Ich hab' ihn!« Das ist absolut korrekt, allerdings nur, wenn man ihn auch kriegt. Und genau hier haperte es bei Jimmy. Die Sache mit dem Schreien beherrschte er prima, aber den Ball fing er nie. Er fing den Ball fast. Er fing ihn um ein Haar. Er fing die fliegenden Dreckkörnchen und die ganze Luft drumherum. Aber nicht den Ball.

Jimmy hatte keine Geduld für Dinge, in denen er nicht gut war. Wenn er eine Sache nur mit viel Mühe und Schmerz und Demütigung lernen konnte, wozu dann das Ganze? Wozu der Aufwand? Wozu sich mit Mathe abquälen, worin er nicht gut war? Oder mit Sozialkunde?

Für Jimmy bestand die Welt aus Kindern, die Dinge schnell lernten, und Kindern, die das nicht konnten. Aus Kindern, die sich alle zwei Minuten im Unterricht meldeten, und anderen, wie Jimmy, die sich nicht *so* sicher waren, selbst wenn sie die Antwort sicher wußten. Manche Kinder beherrschten jedes neue Spiel in Nullkommanichts. Jimmy gehörte nicht dazu. Manche Kinder waren das, was seine Lehrer als »geborene Anführer« bezeichneten. Sie übernahmen das Kommando. Ihnen fiel zu allem etwas ein.

Obwohl Jimmy wußte, daß er klug war, schien er auf den meisten Gebieten weniger zu wissen als erforderlich. Das lag daran, daß er nicht aufpaßte. Er paßte nicht auf, weil er in den Tag hinein träumte und die Ränder seiner Ringbuchblätter vollmalte – und manchmal, wenn er richtig in Fahrt war, zeichnete er sogar seine Hausaufgaben voll. Seine Lehrer und überhaupt alle meinten, er würde viel mehr »behalten«, wenn er das Zeichnen im Unterricht lassen würde. Jimmy versuchte es. Aber es funktionierte nicht. Er »behielt« gar nichts mehr. Weder den Unterrichtsstoff noch seine Tagträume. Mattscheibe. Er verlor sich in sich selbst.

Die Lehrer waren sich in ihrer Meinung über Jimmy einig und schrieben seit der ersten Klasse in jedes Zeugnis: »Jimmy ist klug und phantasievoll, er gibt sich jedoch zu wenig Mühe.« Man kann sich nicht vorstellen, wie daneben diese Beurteilung war. Jimmy gab sich nämlich sehr wohl Mühe. Allerdings in Dingen, die *er* für wichtig hielt und nicht die Lehrer.

Wenn seine Mutter mit ihm über den Matheaufgaben brütete, sagte sie oft: »Den Fehler hast du letztes Mal und vorletztes Mal schon gemacht, du mußt besser aufpassen«, dann dachte Jimmy insgeheim: Für einen großen Comic-Zeichner ist Multiplikation völlig unwichtig.

Wenn sein Vater die Geduld verlor, weil Jimmys Lesefähigkeit unter dem Klassendurchschnitt lag, sagte er: »Jetzt reicht es mir, junger Mann.« Dann marschierte er hinaus, ging in sein Arbeitszimmer, trank ein Bier, und Jimmy dachte: An diesen Tag werde ich ihn erinnern, wenn ich später ein berühmter Comic-Zeichner bin.

Jimmy beneidete seine Mutter um ihr Allerheiligstes. Er ging gern auf den Dachboden und machte es sich dort gemütlich, wenn sie nicht da war. Er setzte sich dann an ihren Zeichentisch, begutachtete ihre Skizzen (aus denen er nicht schlau wurde) und stellte sich vor, wie er an genau diesem Platz, an genau diesem Tisch etwas wirklich gutes wie *Minimann* zeichnete. Das Atelier seiner Mutter brachte ihn auch auf die Idee für ein eigenes Allerheiligstes: eine Ecke in der Waschküche im Keller, die aber nicht annähernd so schön war und außerdem nach Seife roch.

Jimmy dachte sich auch einen Namen für sein Allerheiligstes aus. Er malte ein Schild für die Kellertür, auf dem stand:

Eines Abends nahm er seinen ganzen Mut zusammen und erklärte der Familie beim Essen: »Wenn ich in meiner Letzten Zuflucht bin, darf mich keiner stören.« Zufällig stritten seine Mutter und Lisi gerade über Kieferorthopädie. Sie hörten ihm gar nicht zu.

8. Kapitel

Die Kinder in der Schule wußten, daß Jimmy Comics zeichnete, weil er ja kaum etwas anderes im Unterricht machte. Er zeichnete in der Pause, und wenn er Glück hatte, sogar in der Sportstunde. »Zeig doch mal, Jimmy! Los, komm schon«, drängten sie ständig. Denn natürlich war jeder Schüler, der sich die ganze Schulzeit über nur mit dem beschäftigte, was ihm paßte, für seine Mitschüler äußerst interessant. Aber der einzige, der Jimmys Comics sehen durfte, war Charley Beemer. Der Grund war offensichtlich: Charley Beemer war der King. Lisi mochte sich zu Hause vielleicht als King aufspielen, aber sonst kam sie damit nicht durch. Charley Beemer dagegen war überall der King, egal, wo er war: zu Hause, in der Schule (sogar im Klassenzimmer!) und vor allem auf dem Spielfeld.

Erstens war Charley Beemer für sein Alter (fast zwölf) ziemlich groß und so blond und stattlich wie ein Märchenprinz. Außerdem war er ein guter Schüler (aber kein herausragender, er war nicht so klug, daß die anderen Jungs einen Grund gehabt hätten, ihn nicht zu mögen). Und dann hatte er ein sagenhaftes Lächeln. Sobald Charley Beemer lächelte, lächelten alle um ihn herum mit.

Was auch immer Charley machte, die anderen machten es auch. Er mußte sie nicht dazu überreden,

sie wollten es einfach. Wenn Charley sagte: »Los, wir gehen jetzt ins Kino«, ließ jeder aus seiner Clique alles liegen und stehen und wollte auch ins Kino. Und jeder wollte genau den Film sehen, den Charley sehen wollte. Und jeder wollte in exakt der Reihe sitzen, die Charley ausgesucht hatte. Und genauso verhielt es sich mit allen anderen Dingen: mit der Größe der Popcorn-Tüte, der Menge und Marke der Limonade, ob während des Films geredet oder die Klappe gehalten wurde und welchen Weg sie nach Hause einschlugen. Charley schien nie den Anführer zu spielen oder jemandem seinen Willen aufzudrängen. Es war einfach so, daß die Jungs aus Charleys Clique aus eigenen Stücken Entscheidungen trafen, die er zufällig ein oder zwei Sekunden zuvor getroffen hatte.

Jimmy gehörte nicht zu Charleys Clique. Er war zu jung. Und sah jünger aus. Und in der Umgebung von Charley und der Clique verhielt er sich sogar noch jünger als er ohnehin schon aussah. Und noch

wichtiger als all dies war, daß er nicht Baseball spielen konnte.

Aber er schaute Charley unheimlich gern dabei zu, denn der spielte wie ein Superheld. Er rannte nicht, er schwebte. Er haute nicht auf den Ball, sondern schmetterte ihn übers Feld. Er fing die Bälle nicht, sie tauchten einfach wie durch Zauberei in seinem Handschuh auf. Bei Charley sah alles ganz leicht aus.

Und er war ein netter Kerl. Genau das war ja so schwer zu begreifen: daß jemand wie Charley, der so gut war, so bewundert wurde, so ein super Superstar war, keine Spur von Hochnäsigkeit zeigte.

Charley besaß einen unglaublichen Sinn für Humor. Das heißt, er selbst riß zwar keine Witze, aber er mochte sie, egal von wem. Und er machte aus jeder witzlosen Geschichte einen Witz. Wenn einer seiner Kumpel erzählte, daß er ein Buch in der Schulbibliothek vergessen hatte und es holen wollte, aber zu spät war, weil die Bibliothek schon geschlossen hatte, dann entlockte selbst eine *derart* langweilige Geschichte Charley Beemer ein so herzhaftes Lachen, daß der Erzähler glauben mußte, er habe gerade eine der zehn besten Geschichten des Jahres erzählt.

Charley, der in allem besser als alle anderen war, gab jedem in seiner Umgebung das Gefühl, daß er fast genauso gut war wie er. Das hatte nichts mit dem zu tun, was er sagte oder tat. Es lag einfach an seiner Ausstrahlung. Und deshalb war er der King.

Charley Beemer hielt sich Jimmy aus einem Grund warm: Jimmy konnte zeichnen und er nicht. Ein weiterer netter Zug an Charley war nämlich, daß er nicht neidisch wurde, wenn jemand etwas besser konnte als er, im Gegenteil, er interessierte sich dafür. Er wurde neugierig. Wie konnte Jimmy bloß so tolle Superhelden zeichnen, wo er doch eineinhalb Jahre jünger war? »Wie machst du das, fängst du mit dem Kopf an oder mit den Füßen?«

»Mit dem Gesicht«, erklärte Jimmy. Er nahm einen Bleistift und zeigte, wie er zuerst Augenbrauen und Augen zeichnete, dann Nase und Mund. »Die Augenbrauen und der Mund sind am wichtigsten, weil sie den Ausdruck bestimmen. Wenn du die Augenbrauen hochziehst und die Mundwinkel hängen runter, bist du bedrückt. Aber wenn die Augenbrauen und der Mund runterhängen, bist du verrückt.« Jimmy zeichnete es schnell hin, um klarzumachen, was er meinte. Charley war verblüfft. Dann skizzierte er in groben Zügen den Kopf um Augen, Mund und Nase und schließlich die Haare. Danach malte er den Körper dazu. Dieser Teil gefiel Charley am besten, denn Jimmys Spezialität waren Figuren in Action, und für Action war Charley immer zu haben.

Es klingt vielleicht merkwürdig, aber Jimmy, der miserable Sportler, konnte hervorragend Actionszenen zeichnen: rennende, springende, schießende Superhelden und vor allem üble Kerle, die mit ihren übergroßen, in schmierig-schwarzen Handschuhen steckenden Fäusten kräftig zulangten. Der Grund dafür war, daß Jimmy Probleme hatte, Hände zu zeichnen. Vor Händen schreckte er zurück, seine Finger erinnerten ihn immer an Bananen oder Grashalme, die im Wind wehen. Aber eine Faust bekam er ganz gut hin, sie mußte nur in einem dicken schwarzen Handschuh stecken, und zwar in einem so dicken, daß Jimmy keine Finger zu zeichnen brauchte.

Keiner der Jungs aus Charleys Clique, der »In«-Clique, beachtete Jimmy normalerweise, es sei denn, Charley beachtete ihn. Dann taten sie es auch. Und da sie alle größer waren als er und bis auf eine Sache alles besser konnten, fühlte Jimmy sich mehr als geehrt. Dies, so dachte Jimmy, war ein Hinweis auf später, wenn er mit einundzwanzig berühmt wäre und im Mittelpunkt der Aufmerksamkeit stehen würde.

»Okay, Minimann, was hast du mir denn heute zu

bieten?« Auf diese Art beliebte es Charley Beemer in letzter Zeit, Jimmy aufzufordern, ihm seine Comics zu zeigen. Jimmy kam sich ein bißchen albern vor, in Hörweite von allen so angesprochen zu werden, aber er war sicher, daß Charley es als Kompliment meinte. Immerhin war Minimann sein Superheld. Jimmy hätte eigentlich stolz sein müssen. Warum also fühlte er sich dann immer besonders klein und verletzlich, wenn Charley nach einem Baseballspiel breit grinsend herüberlief, den Ball hochwarf, ihn hinter dem Rücken auffing und rief: »Okay, Minimann, was hast du mir denn heute zu bieten?«

Jimmy war selber entsetzt, wieviel ihm Charleys Anerkennung bedeutete. Nämlich sein Leben. Jedesmal, wenn Charley eine *Minimann*-Geschichte begutachtete, sah Jimmy seine gesamte Zukunft bedroht: den Rest seiner Kindheit, sein Leben als Erwachsener, alles, was ihm bis zu seinem Tod etwas bedeutete. Alles hing von Charleys Reaktion in den nächsten fünf Minuten ab. Charley Beemer studierte jedes einzelne Bild auf der Seite, als handle es sich um eine Frage in einem Test. Jimmy stellte sich dann eine Linie zwischen Charleys Augen und den Zeichnungen vor, damit er sehen konnte, wo das Problem lag.

»Weißt du, was mich stört? Das Cape.«

»Das Cape gefällt dir nicht?« Jimmy musterte das Cape. Er fand es in Ordnung.

»Das Cape an sich gefällt mir schon, aber ein Superheld mit Cape ...« Charley blinzelte verächtlich. »Verstehst du mich?« Jimmy blinzelte zurück. Er verstand Charley zwar nicht, traute sich aber nicht, es zuzuge-

ben. »Masken gehen ja noch. Dahinter kann man seine Identität verstecken. Die zeichnest du toll, richtig gut, wie Bomben. Masken sind super, weil sie einschüchtern. Du weißt doch, was ich mit einschüchtern meine?« Das wußte Jimmy. Er zum Beispiel war in diesem Augenblick eingeschüchtert. »Masken haben also durchaus ihre Berechtigung. Aber Capes? Wozu das? Sie könnten sich darin verheddern, die Superhelden. Oder an scharfen Kanten hängenbleiben. Capes sind weder gruselig noch haben sie was mit Science fiction zu tun. Sie stammen aus uralten Zeiten. Beim Reiten waren sie wahrscheinlich toll. Aber beim Sport trägt keiner ein Cape.« Charley redete weiter, als hätten er und Jimmy zwei Köpfe mit ein- und demselben Gedanken. »Stell dir mal vor, du würdest gegen eine Footballmannschaft mit Capes spielen. Dann würde deine Mannschaft die Jungs mit den Capes doch sofort bei den Capes packen. Diese Jungs wären todsichere Verlierer, jedesmal.«

Noch nie hatte jemand mit Jimmy so ausführlich und genau über die Kleidung von Superhelden diskutiert. »Ringkämpfer haben aber manchmal Capes an«, erwiderte Jimmy in einem Ton, der selbst für ihn nicht sehr überzeugend klang.

Charley Beemer wischte diesen Einwand mit einem Schütteln seines schönen Kopfes beiseite. »Die ziehen sie aber aus, wenn der Kampf anfängt, Jimmy«, sagte Charley und warf ihm einen Blick zu, bei dem Jimmy wünschte, er hätte lieber nichts gesagt. »Boxer haben keine Capes. Beim Baseball haben sie keine. Beim Basketball auch nicht. Beim Hockey ...«

Jimmy sah ein, daß er bei der Diskussion um Capes auf verlorenem Posten stand. Er kam sich dumm vor. Wie war er bloß in dieses »Cape-Problem« hineingeschlittert, wo es ihm doch nur darum ging, Charley glücklich zu machen? Zu blöd, daß ihm ausgerechnet Capes gefielen. Schluß damit! Mit einem Mal sah er das Cape von *Minimann* so, als hätte es irgendein Eindringling mitten in der Nacht gezeichnet. Jimmy spürte Verachtung für die *Minimann*-Seite in seiner Hand. Sechs Tafeln mit Capes, Capes und noch mal Capes! Er zerknüllte das Blatt zu einem kleinen Ball und schmiß es in den Mülleimer.

»He, was für ein temperamentvoller Künstler!« lachte Charley Beemer.

Jimmy lachte auch. Er wußte zwar nicht genau, was Charley damit meinte, aber nichts, *nichts* war es wert, seine Zukunft mit Charley aufs Spiel zu setzen.

9. Kapitel

»Was muß man eigentlich anstellen, um diesen Haufen auf Trab zu bringen?« beschwerte sich Vater.

Man konnte sich darauf verlassen, daß dieser Satz fiel, sobald die Familie irgendwohin fahren wollte. Jimmys Vater war immer als erster startklar. Er schien sogar schon vor dem Frühstück startklar zu sein, auch wenn sie erst kurz vor dem Mittagessen aufbrechen wollten. Wahrscheinlich, so glaubte Jimmy, stand sein Vater schon sein Leben lang startklar bereit. Er kam gut vorbereitet und pünktlich aus dem Bauch seiner Mutter und hatte seitdem alles pünktlich (oder schon vorher) erledigt.

Vater behandelte die Zeit wie ein weiteres Familienmitglied. Ein mißbrauchtes Familienmitglied. »Du verschwendest schon wieder Zeit«, sagte er oft, bevor überhaupt genug Zeit verstrichen war, um sie richtig zu verschwenden. »Was treibst du bloß die ganze Zeit?« fragte er nicht selten mit einem drängenden Unterton und schaute dabei auf seine Digitaluhr, deren unübersichtliches Ziffernblatt nicht nur die Zeit in New Jersey anzeigte, sondern auch die in Chicago, Kalifornien, Tokio und Deutschland. Er behielt seine Uhr ständig im Auge.

»Die Zeit vergeht wie im Fluge«, »Nutze die Zeit, solange du sie hast«, »Die Zeit wartet nicht«, »Zeit ist

Geld«, »Zeit ist alles!« Solche und ähnliche Sprüche gab Jimmys Vater gern zum besten, während er an der offenen Haustür auf die Familie wartete. Das Brummen des laufenden Volvo-Motors dröhnte dann warnend durchs Haus und drang bis oben in die Schlafzimmer. Jimmy, Lisi und Susu zogen sich überstürzt an, denn jeder wollte als erster draußen sein, sicher im Auto mit dem laufenden Motor sitzen und mit Vater auf die übrigen warten.

Mutter dagegen fehlte jeglicher Zeitbegriff. In ihrem Schlafzimmer, bei weit geöffnetem Fenster und mit Blick auf das Auto, konnte ihr eigentlich nicht entgehen, wie der Motor penetrant brummte: *Benzinverschwendung Heißlaufen Benzinverschwendung Heißlaufen.* Aber das berührte sie nicht im geringsten. Für sie war Zeit endlos. Sie war da, um hinausgezögert und vertrödelt zu werden. »Verschiebe keinesfalls auf morgen, was du nächste Woche, nächsten Monat, nächstes Jahr noch kannst besorgen«, so dachte sie über Zeit, sofern sie sich überhaupt die Mühe machte, darüber nachzudenken.

Wo sie sich auch befand, wo immer sie auch gerade war, hatte man den Eindruck, als hätte sie das ideale Plätzchen für den Rest ihres Lebens gefunden. Wenn sie am Küchentisch saß und eine Zeitschrift las, war sie nicht von der Stelle zu bewegen. Wenn sie im Schlafzimmer die Unterhosen glattstrich, hätte das Haus abbrennen können, Zimmer für Zimmer, und es wäre ihr nicht in den Sinn gekommen, sich vom Fleck zu rühren. Wenn sie oben auf dem Dachboden über ihr Zeichenbrett gebeugt dasaß, konnten Monate vergehen – ach was, Jahre! –, und wenn man sie dort nicht gewaltsam wegholte, sie knuffte und schubste, rief und ständig ermahnte (»Mutter!«, »Muutter!«, »Muuutter!«, »Es ist schon sooooo spät!«), wäre sie völlig zufrieden gewesen, während ihre Kinder groß wurden, heirateten, ihr Enkel schenkten und starben.

Wenn es denn ein passendes Wort für Jimmys Mutter gab, dann »geduldig«, wohingegen das für Jimmys Vater »ungeduldig« lautete. Diese Tatsache führte zu echten Problemen, sobald sie irgendwohin mußten. Vater, der schon im Morgengrauen bereitstand, war zu »ungeduldig«, um sich mit Mutter abzugeben, die auf seine Zappeligkeit mit Langsamkeit reagierte.

Wohin wollten sie bloß so eilig? (Oder auch nicht eilig, das hing davon ab, ob man es von Vaters oder Mutters Seite aus betrachtete.) Sie wollten Onkel Lester besuchen, Mutters jüngeren Bruder. Onkel Lester wohnte in der obersten Etage einer alten verlassenen Fabrik, die an einer alten, nahezu verlassenen Straße an der Spitze Manhattans lag. Die Fabrik war in Lofts für Künstler umgewandelt worden. In jedem Stockwerk lebte ein Maler oder Bildhauer oder sonst ein Künstler, und ganz oben, in dem Atelier mit der höchsten Dekke, die Jimmy je gesehen hatte, wohnte Onkel Lester. Lester war laut Mutter »ein brillanter, aber verkannter Komponist«. Laut Vater war er »ein Hochstapler« und »untalentierter Rumtreiber«. Natürlich regte sich Mutter über diese Beleidigungen auf – und zwar so sehr, daß sie ausnahmsweise zuhörte. Daher fügte Vater versöhnlich hinzu: »War doch nur Spaß.«

Onkel Lester schrieb Musicals für den Broadway,

nur wurden sie dort nie aufgeführt. Bevor es soweit war, passierte immer etwas Furchtbares. Onkel Lester schrieb schon lange vor Jimmys Geburt Broadway-Musicals, – inzwischen mußten es an die acht, neun oder sogar zehn sein. Aber keines davon hatte den Weg aus dem Loft gefunden. Tag und Nacht erklang bei Onkel Lester Musik. Und wenn er eines seiner Broadway-Musicals, das es nie bis zum Broadway schaffen würde, aufführte, lud er Jimmy mit seiner Familie zu einer Probeaufführung für Geldgeber ein. Eine Probeaufführung für Geldgeber war eigentlich nichts anderes als eine normale Probe, nur lud Lester dazu eben Leute mit Geld (die Geldgeber) ein und hoffte, daß zumindest einige in seine Show investierten, damit sie zum Broadway kam.

Das war bisher noch nie passiert, weshalb Jimmys Vater auf der Hinfahrt sagte, er könne es kaum abwarten, Lesters »nächste Floperette« zu sehen. Vater machte natürlich wieder nur Spaß. Er konnte nämlich sehr wohl abwarten. Er haßte Onkel Lesters Stücke und fand, daß Lester seine Zeit und Mutters Geld verschwendete. (Onkel Lester lieh sich manchmal Geld von Mutter, damit er die Miete bezahlten konnte, aber in achtzig Prozent der Fälle zahlte er es zurück.)

Vater zog Mutter gern wegen Onkel Lesters Musik auf. Und besonders gern redete er von der »nächsten Floperette«. Jimmy und seine Schwestern fanden den Ausdruck so eingängig, daß sie ihn fast auf der ganzen Hinfahrt sangen. Mutters Laune wurde immer mieser, was Vater wiederum in Höchststimmung versetzte, so daß er in das Liedchen einstimmte und am lautesten von allen sang. »Warum kann dieser Bruder von dir nicht einsehen, daß er ein Versager ist? Er sollte heiraten, eine Familie gründen, sich eine regelmäßige Arbeit suchen und endlich mit dem Rumhängen aufhören! Ich arbeite doch auch hart für mein Geld, warum macht er das dann nicht?« Das sagte Vater nicht zum erstenmal zu Mutter.

»Lester arbeitet auch hart«, antwortete Mutter darauf ebenfalls nicht zum erstenmal.

»Und warum singt er dann dauernd, wenn er wirklich so hart arbeitet?« Vater klang sehr zufrieden mit sich. Dieser Satz war neu. So gut hatte er seine Verachtung für Lester noch nie formuliert.

»Singen *ist* doch seine Arbeit«, sagte Mutter.

Doch damit gab sich Vater nicht zufrieden. »Arbeit

ist das, was man im Schweiße seines Angesichts betreibt. Und dabei singt und tanzt man nicht.«

Jimmy überlegte, was Vater später einmal von seiner »Arbeit« halten würde, Singen und Tanzen war es zwar nicht, aber Comic-Zeichnen. Und das, so ahnte Jimmy schon jetzt, wäre in Vaters Augen genauso schlimm, wenn nicht noch schlimer. Diese Gedanken wurden aus seinem Kopf verscheucht, weil Vater dröhnend die »nächste Floperette« zum besten gab.

Trotz Mutters Langsamkeit in puncto Fertigwerden und Vaters Sorgen, zu spät zu kommen, trafen sie bei Onkel Lesters Flop-Musicals nie zu spät ein. Sie waren sogar immer die ersten. Jimmy war das nur recht, denn außer Comic-Zeichnen gab es für ihn nichts Schöneres, als sich die Shows bei Onkel Lester anzusehen.

In das Loft paßten problemlos eine dreißigköpfige Besetzung, ein Zehn-Mann-Orchester und fünfundsiebzig Zuschauer. So groß war es. Außerdem gab es eine Galerie (die ihm sonst als Schlafzimmer diente), von der ein Chor seine Stimmen erschallen lassen konnte, und die Tänzer konnten herumtollen, am Geländer baumeln und schaukeln und ins Wohnzimmer hinunterspringen. Das Wohnzimmer war Lesters Bühne, egal, ob er ein Stück aufführte oder nicht. Es erinnerte sowieso eher an eine Bühne als an ein Wohnzimmer – überhaupt glich das ganze Loft mehr einem Theater als einer Wohnung. Jedenfalls war es größer als die winzigen Schachtelkinos in den Einkaufszentren, in die Jimmy sonst mit seinen Eltern ging.

An Onkel Lesters Wänden hingen Theaterplakate und Karikaturen von Shows und Stars. Sie stammten aus einer Zeit lange vor Jimmys Geburt und reichten zwanzig, dreißig, fünfzig Jahre zurück: *Show Boat, On the Town, The Pyjama Game*. Den letzten Titel fand Jimmy eine großartige Idee für eine Show: Ein ganzes Stück, das nur im Pyjama gespielt wird. Maurice Chevalier, ein französischer Filmstar, der schon tot war, stolzierte als Schwarzweiß-Karikatur über die

Wand. Er tippte an einen Strohhut und schwenkte einen Stock. Daneben hing Fred Astaire, ein toter amerikanischer Filmstar. Er lüftete keck seinen Zylinder und tanzte mit einem Stock. Neben ihm entdeckte Jimmy Judy Garland, in der er, obwohl sie alt war, die Dorothy aus dem *Zauberer von Oz* erkannte. Doch auf diesem Bild tanzte sie in Shorts und stupste einen lustigen gepunkteten Hut zur Seite. Alle Stars an Onkel Lesters Wand waren längst tot, aber das konnte sie nicht aufhalten. Sie schienen geradezu aus der Wand zu springen, wirkten größer und lebhafter als das Leben selbst. Sie waren tot, aber lebendiger als Jimmys Lehrer, seine Eltern und Schwestern, als alle außer Charley Beemer. Jimmy überlegte, wie er seinen *Minimann*-Zeichnungen soviel Leben einhauchen könnte. Aber es war wohl besser, nicht darüber nachzudenken.

Onkel Lester war Jimmys Lieblingsverwandter und seines Wissens der einzige Erwachsene, der sich wie ein Kind verhielt. Onkel Lester war zweiunddreißig, trug aber nie eine Krawatte und legte die Energie eines Teenagers an den Tag, vor allem, wenn er ein neues Flop-Musical aufführte. Dann redete er in halben Sätzen und konnte nicht länger als zehn Sekunden auf derselben Stelle stehen. Egal, mit wem er gerade sprach, sein Blick schweifte immer in die Ferne. Und seine Hände schienen ganz schnell Klavier zu spielen, was natürlich nicht der Fall war, weil er ja mehr oder weniger vor einem stand und sich mehr oder weniger unterhielt.

Und er war sehr wichtig. Stand im Mittelpunkt der Aufmerksamkeit. Jeder erwähnte seinen Namen und redete entweder über ihn – »Lester macht dies, Lester macht das« – oder rief von der anderen Seite: »Lester, wo setzt der Baß bei dem Stück ein?« – »Lester, wann kommt eigentlich mein Auftritt?« – »Lester, darf ich die Textzeile ändern?«

Onkel Lester war genauso ein Star wie Charley Beemer, nur auf eine ganz andere Art. Charley Beemer wirkte auf jeden in seiner Nähe beruhigend, so als müsse man sich keine Sorgen machen, solange er da war. Bei Onkel Lester war es umgekehrt. Je näher man ihm kam, desto mehr Sorgen machte man sich, und wenn man ihm ganz nahe kam, packte einen förmlich die Angst. Onkel Lester machte nämlich den Eindruck, als würde er sich gleich auflösen. Das war zwar noch nie passiert, aber es sah immerhin so aus, als könnte es jeden Augenblick soweit sein. Und alle, Freunde wie Familie, die Onkel Lesters Flop-Shows besuchten, hielten es für ihre Aufgabe, ihn zu beschützen. Alle waren da, um ihn aufzubauen.

Sogar Jimmys Vater. Vater, der zu Hause nie ein freundliches Wort über Lester verlor, gab in diesem Loft ständig Sachen von sich, von denen Jimmy wünschte, er würde sie über seinen einzigen Sohn sagen. »Das wird ganz großartig. Ich spür es richtig.« »Der Erfolg liegt schon in der Luft.«

Doch man konnte Onkel Lester noch so sehr aufmuntern, es nützte nichts. Er sah aus, als würde er gleich in Ohnmacht fallen. Nur sein ständiges Hin- und Hergehüpfe hielt ihn davon ab. Hätte er damit aufgehört, wäre er auf der Stelle zusammengebrochen.

Ich kann dir nicht erzählen, was er bei diesen Gelegenheiten sagte. Es ergab einfach keinen Sinn. Es war nur Kauderwelsch. »Meinst du nicht … nein … also, ich … wenn ich bloß nicht, aber ich hab nun mal, wozu also noch mal alles durchkauen, jetzt ist die Kacke sowieso schon am Dampfen, stimmt's? … vielleicht doch nicht … wenn wir … ach, nein … warten wir mal ab, wie es läuft … wenn du glaubst, ich sollte es ändern … aber nein, es ist doch bloß ein Stück … was meinst du?«

10. Kapitel

Die fünfundsiebzig Zuschauer saßen auf Klappstühlen, die so eng aneinander standen, daß jeder den Arm des anderen berührte und seinem Vordermann die Knie ins Kreuz drückte (mit Ausnahme von Jimmy und seiner Schwester, ihre Beine waren zu kurz). Onkel Lester, der noch vor einer Minute so nervös und unglücklich seine Runden im Loft gedreht und mit »Geldgebern«, Tänzern und Musikern geschwatzt hatte, dieser Onkel Lester stand jetzt vollkommen ruhig vor dem Publikum. Er wirkte so gelassen, als wären die fünfundsiebzig Leute plus Besetzung und Orchester ganz zufällig vorbeigekommen und er könnte sich gar nicht mehr darüber freuen.

Onkel Lester hatte eine erstaunlich tiefe Stimme, dabei war er so ein schmächtiger, knabenhafter Kerl. In Mutters Familie waren alle klein. In Vaters Familie dagegen waren alle groß. Jimmy fragte sich oft besorgt, nach welcher Seite er wohl schlagen würde, und es gefiel ihm gar nicht, was ganz offensichtlich war: Lisi und Susu waren für ihr Alter groß, Jimmy nicht. Lisi überragte ihn um einen Kopf. Was erschreckend war, aber längst nicht so erschreckend wie die Tatsache, daß die fünf Jahre jüngere Susu ihn ziemlich schnell einholte. In Talent und Größe schlug Jimmy nach seiner Mutter, davon fand er allerdings nur eines wünschenswert. Im Aussehen schlug er nach seinem Vater. Das fand er ganz und gar nicht wünschenswert: Vaters Nase war mit großen Poren übersät, und seine Wangen waren von kleinen roten Äderchen durchzogen. Welches Kind würde so aussehen wollen?

Onkel Lesters »Nächste Floperette«

»Drei Jahre lang haben wir an *Robotica* gearbeitet«, begann Onkel Lester seine Rede. »Und wir glauben, nun ist es an der Zeit, daß sich unsere Freunde das Ganze ansehen. Robotica ist ein Roboter, eine Erfindung von Bud, unserem Helden. Bud ist ein ausgezeichneter Wissenschaftler. Aber er war noch nie verliebt, er hat noch nie eine Frau kennengelernt, die seinen Ansprüchen genügt hätte. Bud findet Frauen zu anstrengend. Sie verlangen, daß er seine Laborarbeit unterbricht und sie ins Kino oder in ein Restaurant ausführt. Sie wollen nicht, daß er vierundzwanzig Stunden am Tag ein ausgezeichneter Wissenschaftler ist. Nach fünf, spätens aber um sechs möchten sie einen Freund. Und dann soll er Ehemann spielen und, was noch schlimmer ist, auch noch den Vater, der aus dem Labor kommt, mit den Kindern spielt und mit ihnen in den Zoo oder in den Zirkus geht.

Bud möchte nicht so enden wie viele Wissenschaftler, die er kennt: Sie verliebten sich, und das war das Ende ihrer endlosen Tage und Nächte im Labor. Ihre Frauen zwangen sie, die Laborkittel abzulegen, sich die Haare schneiden zu lassen und Anzüge, ja sogar

Smokings anzuziehen. Sie mußten Partys besuchen, tanzen gehen und ›sich amüsieren‹, wie ihre Frauen das nannten. Aber unter Amüsieren stellte sich Bud etwas anderes vor als Tanzen und Partys. Ganz zu schweigen von den vergeudeten Stunden mit Frau und Kindern, mit denen man ständig etwas unternehmen soll. So stellte sich Bud einen Alptraum vor.

Deshalb ging er in sein Labor und erfand Robotica. Sie war die perfekte Frau: groß und blond und schön wie ein Filmstar. Ihre Haut fühlte sich unglaublich zart an – nur war es keine Haut, sondern Latex. Denn Robotica war ein Cyborg. Ein Roboter. Bud programmierte ihr ein paar Sätze ein: ›Aber ja, Liebling.‹ – ›Wie du möchtest, Liebling.‹ – ›Das weißt du am besten, Liebling.‹ – ›Bleib im Labor, so lange du willst, ich warte geduldig zu Hause auf dich.‹ Sie verlangte nichts von Bud, rein gar nichts. Und Bud wollte einzig und allein ihre unsterbliche Zuneigung. Doch genau da lag das Problem.

Man kann einem Cyborg alles mögliche einprogrammieren, nur keine Zuneigung. Zuneigung ist nämlich ein Gefühl, und Cyborgs haben keine Gefühle. Das heißt, bis Bud beschloß, an die Arbeit zu gehen und Robotica mit Gefühlen auszustatten. Warum das? Nun, weil Bud sich nach Zuneigung verzehrte. In seinem Labor sagte ihm kein Mensch, wie wunderbar er ist oder wie außergewöhnlich, wie anders, wie attraktiv, wie gut, wie nett, wie stark, wie schön, wie männlich, wie reizend. Außer seiner Mutter hatte ihm keine Frau ihre Zuneigung gezeigt.

Das mag Ihnen unglaubwürdig vorkommen, aber

warten Sie ab, bis Sie Bud kennenlernen. Es ist gleich soweit. Sie werden sehen, daß Bud die größtmögliche Ähnlichkeit mit einem Cyborg hat und dennoch menschlich ist. Bud spricht mit monotoner Stimme und zeigt keine Emotionen. Er hatte keine Erfahrungen mit Liebe, Freude, Glück, Feindschaft, Wut oder Haß. In seinem ganzen Leben hat er keine Träne vergossen. Kaum zu glauben, aber ich habe Sie nicht hierher gebeten, um Sie anzulügen.«

»Das finde ich gut!« sagte Susu, als wolle sie die Leute um sich herum beruhigen.

»Bud hatte Emotionen bei anderen beobachtet. Er entsann sich, daß seine Mutter dann und wann an gräßlichen Gefühlsanwandlungen gelitten hatte. Und während Gefühle seiner Ansicht nach bei einem Mann der Wissenschaft völlig fehl am Platz waren, fand er an einem Roboter mit Gefühlen nichts Ungewöhnliches. Denn letztlich sind es nur Maschinen, die der Mensch sich als nützliches Werkzeug erschafft. Bud dachte, Robotica wäre ein noch viel nützlicheres Werkzeug, wenn sie die Schmeicheleien, die sie sagte, auch wirklich ernst meinte – aus ganzem Herzen (das ihr fehlte) und tiefster Seele (ebenso). Wenn der Vorhang nach dem ersten Akt fällt, arbeitet Bud an einem Herzen und einer Seele für Robotica.

Zu Beginn des zweiten Aktes versucht Bud, seinem Cyborg Gefühle einzubauen. Und warum nicht? Bud wußte schließlich, daß er ein großartiger Wisenschaftler war. Außerdem konnte es nicht allzu schwierig sein, in einem Roboter Gefühle anzulegen, wo sie bei den Menschen so leicht zu haben waren. Zu leicht. Wir

reden doch ständig von ›billigen und seichten Gefühlen‹. Wenn aber Gefühle so billig und seicht sind, was sollte Bud dann hindern, ein paar zu finden, sie in ein Röhrchen zu stecken und Robotica damit zu füttern?

Doch seine besten Versuche schlugen fehl. Mit jedem Fehlschlag, Robotica zu aufrichtigen Gefühlen ihm gegenüber zu bewegen, grübelte Bud noch mehr über ihre eisige Gleichgültigkeit nach. Was sie sagte, war ja alles richtig: ›Du bist mein Mann‹ – ›Ohne dich kann ich nicht leben‹, und so weiter und so weiter, aber davon meinte sie kein Wort ernst. Bud litt entsetzliche Qualen. Er konnte nicht mehr einschlafen.«

Susu konnte es. Sie war schon eingeschlafen.

»Er konnte nicht mehr arbeiten. Dabei hatte Bud *nie* Probleme mit der Arbeit gehabt! Roboticas fehlende Zuneigung machte ihn rasend.

Sie war sein Ideal. Und warum nicht? Schließlich hatte er sie selbst gemacht. Aber zeigte sie sich dankbar? Nein. Dankbarkeit ist ein Gefühl. Oder hatte sie Verständnis für seine Bemühungen, ihr Gefühle zu schenken? Nein. Auch Verständnis ist ein Gefühl. Bevor sie etwas für Bud empfinden konnte, mußte sie überhaupt erst einmal empfinden können, basta. Aber sie empfand nichts, basta. Und je länger Bud an ihr arbeitete, um so klarer wurde ihm, daß Robotica nie etwas empfinden würde, basta.

Das Ganze trieb ihn zur Flasche. In den Wahnsinn. Es trieb ihn – ob Sie es glauben oder nicht – zu *Gefühlen*. Ja, Gefühlen! Sein ganzes Leben lang hatte Bud keine Gefühle empfunden. Doch als Experiment um Experiment fehlschlug und Robotica weiter gefühllos blieb, entdeckte Bud, daß sich sein Herz geöffnet hatte. Er *sorgte* sich um Robotica. Er *brauchte* Robotica. Bud war verliebt.

Nun, eines Morgens wacht Bud auf und findet eine Nachricht auf seinem Kopfkissen. ›Am Anfang mochte ich dich, weil du genauso warst wie ich. Aber jetzt bist du anders. Du hast Gefühle. Deshalb verlasse ich dich und gehe zu einem anderen Roboter.‹ Robotica ist fort!

Was wird nun aus dem armen, todunglücklichen Bud? Was soll er mit seinen neuen, unerwünschten Gefühlen anfangen? Kurz bevor der Vorhang fällt, klopft es an die Tür. Es ist die wunderschöne, atemberaubende Glückwunschkarten-Designerin von nebenan. Sie will nachsehen, ob sie ihrem armen Nachbarn helfen kann, dessen Schluchzen so laut ist, daß sie die ganze Nacht nicht schlafen konnte. Bud sieht das Mädchen kurz an – und weiß Bescheid. Oder besser, seine neuentdeckten Gefühle wissen Bescheid. Er stürzt sich in das erste ungeplante Abenteuer seines Lebens. Am Ende singt er ihr ein Liebeslied.«

Onkel Lester verbeugte sich, ließ aber die Zuschauer nicht aus den Augen. Dann streckte er beide Hände aus, als wollte er um einen Gefallen bitten. »Die Show kann beginnen.«

11. Kapitel

Zwei Stunden später, nachdem Bud und Nina (die wunderschöne, atemberaubende Designerin von Glückwunschkarten) das Finale »Gefühle sind schön und süß und gut« gesungen hatten, wäre niemand auf die Idee gekommen, die Show als »Lesters nächste Floperette« zu bezeichnen. Am allerwenigsten Vater. Der letzte Ton war gesungen, die letzte Note gespielt, und im Loft herrschte Totenstille. Keiner applaudierte. Doch dann, nach fast zwanzig herzbeklemmenden Sekunden, fingen alle an zu toben. Kreischen, Jubel, Bravorufe. Reiche Geldgeber standen schwankend auf den wackeligen Stuhlsitzen und wedelten Blankoschecks in der Luft herum wie amerikanische Flaggen. Lisi strahlte leicht überheblich. »Das ist mein Onkel! Das ist mein Onkel!« rief sie zwischen das Jubelgeschrei. Jimmy brüllte »Bravo!« und freute sich, daß er auf und ab hüpfen und sich wie ein Kind aufführen konnte, genau wie es die Erwachsenen jetzt auch taten. Susu schlief immer noch. Als Robotica das Lied »So ein Pech für dich, doch jetzt liebst du mich« sang, war sie kurz aufgewacht und hatte sehr laut »Pssst!« gemacht. Dann schlief sie wieder tief und fest und verpaßte den Rest des Stücks mit den drei feurigen Tanznummern, die den Boden zum Vibrieren brachten.

»Das wird ein Erfolg!«, »Das wird ein Erfolg!«,

»Das wird ein Bombenerfolg!« Die zwei Wörter »Bomben« und »Erfolg« schwangen im Loft hin und her. Alle, selbst Leute, die Onkel Lester nicht kannten, spürten einen Anflug von Stolz, fühlten sich als Teil seines Triumphes, wie privilegierte Mitglieder einer verschworenen Gemeinschaft. Was im Augenblick nur sie wußten, wäre in ein paar Monaten aller Welt bekannt: Onkel Lester hatte ein Meisterwerk komponiert!

In nicht einmal zwei Stunden war die kleine Welt von Jimmys Familie auf den Kopf gestellt. Etwas hatte sich verändert – was genau, konnte Jimmy nicht sagen –, jedenfalls verhielten sich Vater und Mutter auf dem ganzen Heimweg höchst seltsam. Mutter schwieg, aber ihr Schweigen war ganz anders als sonst. Es war ein staunendes Schweigen, das zu leuchten schien. Ja, ihre Silhouette schimmerte in der Dunkelheit des Autos, als hätte ihr Schweigen ein inneres Licht angezündet. Und dieses Licht sprach zu Jimmy: »Hab ich dir nicht immer gesagt, eines Tages werden wir alle noch stolz auf deinen Onkel Lester sein? Nun wird er, wie all diese Berühmtheiten auf seinen Plakaten, eine Legende!«

Vater, der sich normalerweise auf dem Rückweg über Onkel Lester lustig machte, schwieg ebenfalls – allerdings etwas geräuschvoller. Ständig räusperte er sich, als ob er gleich etwas sagen wollte. Aber es kam nicht heraus. Statt dessen kam nur **GRMMMF** und **HMMHMMHMMHMM**. Jimmy saß direkt hinter ihm und bemerkte, daß seine Schultern herunterhingen und er sich anscheinend mit aller Kraft am Lenkrad festklammerte. Auf einmal fuhr er an den Straßenrand und bat Mutter weiterzufahren. Er kuschelte sich an sie und begann mit jammernder, glucksender Stimme zu singen: »Gefühle sind schön und süß und gut«.

Nach einer Weile drehte er sich zu den Kindern und fragte sie mit derselben glucksenden Stimme der Reihe nach: »Na, wie geht's? Alles in Ordnung? Lisi? Jimmy? Susu?« Danach drehte er sich zu Mutter und sagte: »Du hast viel einstecken müssen. Glaub nicht, ich wüßte das nicht.« Dann blieb er ziemlich lange stumm, aber unmittelbar vor der kurzen Einfahrt stimmte er noch einen von Onkel Lesters neuen Hits an: »Schenk mir dein Herz und vorbei ist aller Schmerz.« Doch er kam nicht weit, denn die Stimme versagte ihm wie einem Teenager im Stimmbruch, und dann erstarb sie. Keiner wußte, was er sagen oder tun sollte, nur Susu fragte: »Daddy, hast du dich erkältet?«

12. Kapitel

Vater kam langsam die Kellertreppe herunter; ein Schritt, noch einer und dann noch einer, als hätte er ein gebrochenes Bein. Es gab nur einen Stuhl im Keller, einen Küchenstuhl, den Mutter Jimmy für die Letzte Zuflucht gestiftet hatte. Auf seinen Knien lag das Zeichenbrett mit einer neuen Seite *Minimann*-Zeichnungen. Bis morgen mußte er sie für Charley Beemer fertig haben. Auf dem Boden verstreut lagen, mit Bild nach oben, noch mehr *Minimann*-Seiten, aber Vater nahm sie nicht wahr. Sein Blick war woanders. Er betrachtete den Heizkessel, dann die Waschmaschine und schließlich den Trockner. Behutsam fuhr er mit der Hand über die Rohre an der Decke, so als müßte er eine bestimmte Reihenfolge einhalten, bevor er endlich seinen Sohn anschauen durfte. Offensichtlich dachte er, er würde den falschen Eindruck erwecken, wenn er sich in voller Größe vor Jimmy aufbaute, denn er ging in die Hocke und beugte sich leicht vor, wie ein Spieler von den Mets, der auf seinen Einsatz wartet. Er verlagerte sein Gewicht so lange, bis er mit seinem Sohn auf gleicher Augenhöhe war. Als er endlich etwas sagte, war seine Stimme so leise, daß sie ebensogut aus dem Heizkessel hinter ihm hätte kommen können.

»Ich würde gern von mir behaupten«, fing er an,

»daß ich als Vater eines künstlerisch veranlagten Jungen mein Bestes getan habe.« Jimmy wußte nicht warum, aber ihm wurde ganz mulmig. »Ich bin nicht künstlerisch veranlagt«, fuhr Vater fort. »Ich verstehe auch nicht viel von Künstlern, aber ich weiß, was ich mag. Und Künstler mag ich nicht, die meisten jedenfalls nicht. Sie sind eingebildet. Ich bin ein Durchschnittsmensch, und das bin ich gern, aber Künstler sind das nicht und wollen es auch nicht sein. Damit habe ich auch keine Probleme, außer wenn sie eingebildet sind. Und das sind die meisten, die mir über den Weg gelaufen sind. Ich will dir ganz ehrlich sagen, daß ich deinen Onkel Lester nie leiden konnte. Er war eingebildet. Nicht ganz so schlimm wie manche, die ich kennengelernt habe, aber so ist es nun mal. Dir und deinen Schwestern habe ich immer verschwiegen, wie ich darüber dachte, weil sich deine Mutter sonst nur aufgeregt hätte.

Ich hielt Onkel Lester für einen untalentierten Rumtreiber, der sich endlich wie ein richtiger Mann eine richtige Arbeit suchen sollte. Wahrscheinlich kommt das ein bißchen überraschend für dich. In meinen Augen waren Künstler, oder sogenannte Künstler, keine richtigen Männer. Kunst ist eher was für Frauen. Deine Mutter zum Beispiel ist künstlerisch begabt, und darauf bin ich stolz. Kunst ist ein Frauenberuf. Meine Güte, ich rede wie ein Wasserfall. Künstlerinnen, ja. Das leuchtete mir ein. Aber Künstler? Dieser Andy Warhol zum Beispiel. Da zeichne ich aber mit geschlossenen Augen eine bessere Suppendose.

Und genauso dachte ich über Onkel Lester. Ein fau-

ler Knallkopf. Und ich dachte immer, daß du später auch mal so wirst ...«

Vater schlug seine großen Hände vors Gesicht, als ob er seinen Mund verschließen wollte, der noch nie, in Jimmys ganzem Leben nicht, so viele Wörter ausgespuckt hatte. Jimmy wußte nicht, was da vor sich ging, aber was immer es war, er traute dem Ganzen nicht. Vater hatte noch nie sein Gesicht hinter den Händen versteckt. Ob er vielleicht weinte? Oder überlegte er sich, was er als nächstes sagen sollte? Eines stand jedenfalls fest: Jimmy wollte es gar nicht wissen. Er hatte Angst. Seine Welt kippte aus dem Gleichgewicht. Vor ihm hockte ein völlig anderer Vater. Er hatte viel mehr Ähnlichkeit mit dem Vater, den er sich in mancher Hinsicht immer gewünscht hatte – in anderer auch wieder nicht. Sein Indiana Jones-Vater redete nicht so viel. Aber das brauchte er auch nicht. Er und Jimmy verstanden sich auch ohne Worte.

Daß Frauen ständig redeten, war Jimmy gewohnt, aber Männer? Mutter und Lisi plapperten beim Essen ununterbrochen, während Vater seine Bemerkungen auf ein paar seltene Einzeiler beschränkte: »Bild dir bloß nicht zuviel ein«, »Das Leben ist viel zu kurz«, »Zu diesem Thema erspare ich mir jedes Wort«. Bis zu diesem Augenblick hatte sich Vater zu jedem Thema das Wort erspart. Die Mets waren eine Ausnahme. Und hin und wieder Onkel Lester. Wie um alles in der Welt konnte Vater behaupten, er hätte seine Abneigung gegen Onkel Lester verheimlicht? Alle in der Familie, einschließlich Mutter, hatten doch gehört, wie er fünfzigmal oder mehr gesagt hatte »Nächste Floperette« und »Warum sucht er sich nicht endlich eine richtige Arbeit?«

Vater war groß und stark. Jimmy war gewohnt, daß er viel Raum einnahm und viel Luft verbrauchte. Aber wie er jetzt in der Hocke dasaß, das Gesicht in den Händen, nahm er plötzlich sehr wenig Raum ein. Er wirkte nicht viel größer als Mutter. Nur Luft verbrauchte er immer noch viel, sogar Jimmys Anteil. Jimmy konnte kaum noch atmen.

Als Vater aufblickte, weinte er nicht, aber seine Augen waren gerötet. »Gefühle sind schön und süß und gut«, halb sagte, halb sang er es mit der erstickten Stimme, die er auch auf der Rückfahrt gehabt hatte. Er erhob sich und ging zur Kellertreppe, den Kopf gebeugt, die Schultern komisch angewinkelt, als würden sie nicht zum Körper gehören. Sein unordentliches Haar streifte die Rohre an der Decke. Als er sich noch einmal umdrehte, um etwas zu sagen, ertappte Jimmy sich beschämt dabei, wie er dachte: Kein Wort mehr, bitte!

Seine letzten Worte, bevor er hilflos nach oben schlurfte, lauteten: »Ich wünschte, mein alter Herr hätte jemals so mit mir geredet.«

Und dann war er weg. Oben an der Treppe fiel die Tür klickend ins Schloß. Und was dachte Jimmy nach alledem? Er dachte leicht verärgert: Nach *Minimann* hat er nicht gefragt.

Am selben Abend, während sie Tomatensuppe aßen, fragte Vater jeden nach seinem Wohlbefinden. Das war wirklich seltsam. Vater war eigentlich kein Mann, der Fragen stellte. Aber schon im Auto hatte er wissen wollen, wie es allen geht. Und jetzt schon wieder. Einen nach dem anderen fragte er seelenruhig den Tisch ab. Normalerweise brauchten Mutter und Lisi keine Aufforderung zum Reden, aber während des gesamten Essens – Hackbraten, Kartoffelbrei und Bohnen – fiel kaum ein Wort.

Vater verstand das ausgedehnte Schweigen als Zeichen, daß man noch mehr von ihm hören wollte. Während die Kinder ihre überbackenen Apfelscheiben mit Milch aßen und die Erwachsenen ihren koffeinfreien Kaffee tranken, räusperte er sich ein ums andere Mal, und als er sich endlich zu seiner Zufriedenheit geräuspert hatte, begann er zu sprechen. Es sei endlich an der Zeit, meinte er, sich nicht länger auf Kosten von Lester lustig zu machen und ihm die Anerkennung zu schenken, die er verdiente. Und glaube es, wer wolle, aber vieles von Bud, dem Wissenschaftler, stecke auch in ihm. Er persönlich sei sehr stolz auf Lesters Leistung. Den Ausdruck »Genie« benutzte er mehrere Male, und jedesmal traten Mutter dabei Tränen in die Augen. Jedenfalls fuhr Vater fort: »Egal, wie erfolgreich und berühmt Lester wird, keiner steht ihm näher als die Familie.« Daher sei es ihre Aufgabe und Pflicht, ihn in den kommenden schweren Zeiten voll und ganz zu unterstützen, »denn es ist kein Zuckerschlecken, ein Musical am Broadway aufzuführen«. Das sagte er so bestimmt, als sei er befugt zu entscheiden, was ein Zuckerschlecken ist und was nicht. Zum Schluß verkündete er, er habe Lester für Sonntag eingeladen, um ihm für sein Musical einen Scheck über fünftausend Dollar zu überreichen. Vater und Mutter wollten unter die *Geldgeber* gehen.

Bei diesen Worten brach Mutter in Tränen aus und flüchtete vom Tisch, den Vater daraufhin umrundete, um schweigend seine Kinder zu umarmen. Lisi und Susu wanden sich unter seiner Umarmung. Jimmy merkte, daß ihnen die Veränderung in Vater ebenso wenig geheuer war wie ihm. Als Jimmy an die Reihe kam, wußte er nicht, wie er sich verhalten sollte. Da er sich an keine frühere Umarmung von Vater erinnern konnte, fühlte es sich komisch an. So als würde ihm alles Blut ausgesaugt. Als hätte man seinen richtigen Vater entführt.

13. Kapitel

Charley Beemer schaute gelangweilt. Er las gerade den neuesten *Minimann* und gähnte dreimal zwischen den einzelnen Bildern. Zweimal blickte er von Seite eins auf und kontrollierte den Fahrrad- und Rollerskateverkehr auf der Straße. Jimmy rutschte das Herz in die Hose. Plötzlich hörte Charley mitten in der Seite auf, ging zum Randstein hinüber und unterhielt sich mit einem seiner rechtmäßigen Freunde, der auf Rollerskates herangerollt war. »Beeilt euch, macht endlich Schluß«, knurrte Jimmy in Richtung der beiden, gerade so laut, daß sie ihn nicht hörten.

Die Unterhaltung am Randstein dauerte außergewöhnlich lang. Hätte Jimmy eine Uhr besessen und wäre wie sein Vater gewesen (bevor er sich veränderte), hätte er alle fünfzehn Sekunden auf die Uhr geguckt. Mit anderen Worten: Er hätte fünfzigmal auf die Uhr gesehen, bis Charley Beemer endlich zurückkam – und dann etwas sagte, daß es ihm kalt den Rükken hinunterlief. »Ich glaube, du steckst zu sehr im Trott, Jimmy!« Im »Trott«?! Und mit Minimann hatte er ihn auch nicht angesprochen! Was war bloß los?

Obwohl Charley Beemer eineinhalb Seiten noch gar nicht gelesen hatte, gab er Jimmy die *Minimann*-Geschichte zurück. »Weißt du, was ich mir überlegt habe? Du zeichnest wirklich sagenhaft, aber deine

Ideen sind ein bißchen langweilig. Ich habe jede Menge Ideen, die nicht nur besser sind als deine, sondern genausogut wie in richtigen Comics. Was hältst du davon, wenn wir es von jetzt an so machen ...« Charley grinste und legte den Arm um Jimmys Schultern. Unter normalen Umständen hätte Jimmy diese Geste sehr begrüßt, aber in dieser Situation hatte sie dieselbe Wirkung wie Vaters Umarmung. Sie entzog Jimmy das Selbstvertrauen und füllte das entstandene Loch mit düsteren Vorahnungen. »Ich liefere dir die Ideen, dann mußt du dir nur noch den Text ausdenken und die Bilder zeichnen.«

So wie Charley das sagte, klang es wie das Angebot des Lebens. Aber für Jimmy lag der halbe Spaß beim Comic-Zeichnen darin, eigene Geschichten zu erfinden. Er steckte nicht im Trott, das mochte er Charley einfach nicht abnehmen. Außerdem nahm er ihm die Worte »ein bißchen langweilig« zutiefst übel. Wo lag schon der Unterschied zwischen »ein bißchen langweilig« und »langweilig«? Oder »langweilig« und »schlecht«? Oder »schlecht« und »miserabel«?

Doch was blieb Jimmy übrig? In seiner Lage konnte er kaum widersprechen. Immerhin war Charley Beemer der King! Und sein Freund. Aber nur solange ihm Jimmys Comics gefielen, und das wäre nicht mehr der Fall, wenn sie nicht nach Charleys Ideen gezeichnet wären.

Entgegen allen Erwartungen hatte Jimmy auf Grund seines Talents Charley als Freund gewonnen. Jetzt übernahm Charley dieses Talent. Jimmy war klar, daß er in der Klemme saß. Doch da hatte er eine Eingebung, was übrigens oft passiert, wenn Künstler in der Klemme sitzen. Natürlich würde er nach Charleys Ideen zeichnen, aber deswegen mußte er noch lange nicht auf *Minimann* verzichten. Dann zeichnete er eben beides! Charley brauchte es ja nicht zu wissen. Jimmy konnte seine Ideen zu Papier bringen, *nachdem* er die von Charley gezeichnet hatte. Heimlich. Nach den Hausaufgaben. Das Ganze lief zwar auf einen harten Stundenplan nach der Schule hinaus, doch das würde er schon schaffen, da war Jimmy sicher.

»Na gut, Charley, und deine Idee wäre?« Dabei lächelte Jimmy so falsch, daß ihn der unerwartete Hoffnungsschimmer, den er plötzlich sah, selbst völlig überraschte. Hinter diesem Hoffnungsschimmer steckte der Gedanke: Charley Beemer war doch in allem gut, warum sollten seine Ideen dann schlecht sein?

14. Kapitel

Vielleicht ist dir bereits aufgefallen, daß ich mich viel mit Charley Beemer beschäftigt, aber Jimmys übrige Freunde nicht erwähnt habe. Natürlich gab es da einige, nur mochte er sie nicht allzu gern. Nicht einmal Warren Asher, seinen besten Freund. Hätte Charley Beemer von ihm verlangt, Warren Asher aufzugeben, er hätte nicht eine Sekunde gezögert, und das, obwohl Jimmy und Warren seit ihrem dritten Lebensjahr befreundet waren. »Bis bald, Warren«, hätte Jimmy gesagt und eine Entschuldigung erfunden wie »Ich darf nicht mehr mit dir spielen. Meine Mutter hat es mir verboten«.

Zeigt sich hier womöglich eine von Jimmys weniger netten Seiten? Zweifellos. Zu seiner Verteidigung kann ich nur sagen, daß Warren Asher, hätte Charley Beemer ihn aufgefordert, Jimmy aufzugeben, sofort gesagt hätte: »Bis bald, Jimmy. Ich darf nicht mehr mit dir spielen. Meine Mutter hat es mir verboten.«

Zwischen Jimmy, Warren Asher und ihren übrigen Freunden Billy Watson, Matthew Foley und Freddy Dixson galt die Regel: Du sollst deinem besten Freund in den Rücken fallen. Bei Freunden, mit denen man nicht so vertraut war, ließ man das bleiben, weil sie sonst vielleicht sauer wurden und sauer blieben. Aber Jimmy und seine Freunde fielen sich abwechselnd einbis zweimal im Monat gegenseitig in den Rücken und kamen (nach ein paar schmerzerfüllten Tagen) immer darüber hinweg und hingen bald wieder dick zusammen.

Jimmy und seine Freunde waren nur solange befreundet, bis ein paar bessere Freunde auftauchten. Sie zogen gemeinsam durch die Gegend, hatten ihren Spaß und guckten, was sich auf dem Freundesmarkt tat.

Insgeheim war Jimmy davon überzeugt, er sei besser als seine Freunde, was sie ihrerseits auch von sich glaubten. Jeder hielt sich für besser als den anderen. Und jeder hielt Charley Beemer für besser als sie alle zusammengenommen. Sie hätten ihr Letztes gegeben, um an Jimmys Stelle zu sein und von Charley Beemer und der »In«-Clique anerkannt zu werden.

Als seine Freunde sahen, daß ausgerechnet Jimmy dieses Glück traf, konnten sie es einfach nicht glauben und vor allem nicht ertragen. Warum er, der Geringste unter ihnen (abgesehen von den übrigen)? Tag für Tag beobachteten sie, wie Charley den Arm um Jimmys Schultern legte und seine Comics studierte. Ich brauche wohl kaum zu erwähnen, daß sie bei diesem Anblick das Gefühl hatten, als würde Jimmy ihnen in den Rücken fallen.

15. Kapitel

Am Spätnachmittag drang lautes Geschrei aus dem Keller. Jimmy brüllte wutentbrannt: »NEIN! NEIN! NEIN! NEIN! NEIN!«

Susu saß oben in Mutters Schlafzimmer, wo sie eigentlich nicht spielen durfte, und wurde durch das Geschrei von der Operation abgelenkt, die sie gerade an einer ihrer Barbie-Puppen durchführte, der ein Bein abgegangen war. Sie sah sich verzweifelt nach einem Ausweg um. Susu meinte immer, sie sei für Jimmy verantwortlich und es sei ihre Aufgabe, ihn aufzumuntern, wenn es ihm schlecht ging. Aber jedesmal, wenn sie es versuchte, machte sie alles nur noch schlimmer.

Lisi saß oben in der Badewanne, kickte Schaum mit dem großen Zeh und lächelte zufrieden. Jimmys Wutanfälle waren selten und verglichen mit ihren reinster Kinderkram. Trotzdem war es schön zu wissen, daß auch er durchdrehen konnte. Sie fühlte sich ihm gleich ein Stückchen näher.

Mutter blickte oben im Allerheiligsten von ihrem Zeichentisch auf. »NIEMALS! NIEMALS! NEIN! NIEMALS!« schrie Jimmy. Sie staunte, wie klar und deutlich die Schreie vom Keller über drei Treppen hoch bis zu ihrem Schreibtisch drangen. »Sollte ich der Sache vielleicht mal nachgehen?« fragte sie sich tief in Gedanken versunken. Aber sie war bei ihrem Entwurf ge-

rade an einem kniffligen Punkt angelangt und vergaß, die Frage zu beantworten. Außerdem lautete eine Regel für Mütter: Man muß instinktiv wissen, wessen Geschrei Beachtung verlangt. Bei Lisi war das immer der Fall, sonst gab es keinen Frieden. Bei Jimmy fast nie. Nach einer halben Stunde oder so beruhigte er sich schon wieder.

Vater war noch im Büro, sonst wäre er bestimmt in den Keller gestürmt und hätte Jimmy umarmt.

Verantwortlich für Jimmys Geschrei war Charley Beemer. Seit zwei Stunden arbeitete Jimmy nun schon an Charleys Comic-Idee. Aber er bekam sie einfach nicht in den Griff. Charleys Superheld hieß mit gutem Grund Kugelkopf, denn sein Kopf sah aus wie eine Kugel mit menschlichen Gesichtszügen. Kugelkopf war eine Todeswaffe mit Eigenantrieb. Schnell wie eine Kugel durchbohrte er Mauern und Menschen. Charley Beemer schätzte Brutalität. Blut, Gedärme und abgeschnittene Körperteile mußten in allen blutrünstigen Einzelheiten gezeichnet werden, so lautete die Anordnung. Jimmy hatte eigentlich nichts gegen Brutalität, aber es gab auch Grenzen des guten Geschmacks. Außerdem war er etwas feinfühliger als Charley. Amputierte Köpfe und abgeschnittene Gliedmaßen zu zeichnen regte ihn körperlich auf. Davon bekam er Magenschmerzen. Aber Charley war hartnäckig. Beim Kontakt mit Kugelkopf wollte er Köpfe, Arme und Beine in Stücke fliegen sehen.

Charley Beemer stand auf Horrorfilme. Verglichen damit waren ihm Jimmys Zeichnungen zu kindisch. Charley wollte Comics, die wie Horrorfilme auf Papier aussahen. Aber Jimmy ging nicht in Horrorfilme, weil ihm dabei übel wurde. Und beim Zeichnen von abgeschlagenen Köpfen und Gliedern wurde ihm noch übler. Aber genau das hatte Charley befohlen. Und genau hier lag das Problem. Der große Charley Beemer hatte Jimmy seine Freundschaft angeboten. Wenn Jimmy ihn jetzt enttäuschte ... Das Ergebnis war viel zu grauenvoll, um es sich vorzustellen. Jimmy mochte zu abgeschnittenen Körperteilen stehen wie er wollte, sicher war nur, daß sein künftiges Glück, sein Leben in den kommenden Jahren auf dem Spiel stand. Alles hing von dem Wurf eines einzigen Würfels ab: Entweder er lieferte abgeschnittene Körperteile, dann konnte er sich wenigstens als Mitarbeiter in Charleys Glanz sonnen – oder er brachte keine zustande und war damit selber wie ein Körperteil von Charley abgeschnitten.

Jimmy stöhnte angesichts seines Schicksals, das ihn in solch eine Lage gedrängt hatte. Der ganze Sinn beim Comic-Zeichnen (abgesehen vom puren Spaß an der Sache) bestand doch darin, den Abgrund zwischen ihm und den Jungs zu überbrücken, die in allem besser waren als er. Comics waren seine Eintrittskarte für die »In«-Clique. Comics waren sein Sprungbrett zur Beliebtheit.

Doch genau hier lag der Haken: Als Preis für diese Beliebtheit mußte er seine Phantasie der von Charley Beemer opfern. Das war ein hoher Preis, aber Jimmy fand, er könnte und sollte ihn in Kauf nehmen. Sein Vater hätte es wahrscheinlich einen »klugen Karriereschritt« genannt.

Also arbeitete Jimmy an der Sache. Und er arbeitete hart daran. Der Beweis lag in Form von Schnipseln überall auf dem Kellerboden herum: Hunderte von zerrissenen Zeichnungen. Ausnahmslos schlecht. Das mußte man letztlich zugeben. Denn so sehr Jimmy seinen Kopf auch anstrengte, um Charley Beemer wunschlos glücklich zu machen, seine Zeichenhand rebellierte. Seine Finger streikten. Sie wollten einfach keine bluttriefenden umherfliegenden Köpfe, Arme und Beine zeichnen.

Womit wir auf einen seltsamen Zufall stoßen. Um einen abgeschnittenen Arm gut zu zeichnen, muß man auch Hände zeichnen können, die wie Hände aussehen und nicht wie Grashalme oder unidentifizierbare Kleckse. Jimmy konnte aber nicht nur keine Hände zeichnen, vielmehr war er inzwischen auch an den Punkt gekommen, wo nicht einmal seine Hand mehr zeichnen konnte, basta.

Er begutachtete das Ergebnis seiner zweistündigen herzzerreißenden Mühen. Am liebsten hätte er losgeschrien. Aber warum sollte er eigentlich nicht schreien? Er blickte auf den Boden voller zerrissener Seiten mit abgeschnittenen Händen. Offenbarte sich nun die grausame Wahrheit seines Lebens? War er dazu ver-

dammt, als Comic-Zeichner ebenso zu versagen wie als Junge?

Unter den gegebenen Umständen gab es nur *eine* vernünftige Lösung: Schreien, die Schnipsel der Zeichnungen in noch kleinere Schnipsel zerreißen, den Stuhl von einer Ecke der Letzten Zuflucht in die andere kikken und mit beiden Fäusten gegen die Wand hämmern, am stärksten mit der Zeichenhand.

16. Kapitel

Onkel Lester hatte sich verändert. Jimmy konnte den Unterschied einfach nicht übersehen. Es war am Abend nach dem Wutanfall, Jimmy schrie nicht mehr. Er grübelte. Und obwohl ihn die Grübelei beruhigte, war ihm innerlich nach wie vor zum Brüllen zumute.

Onkel Lester war erfolgreich. Er hatte eine neue Art an sich und die hieß »Erfolg«. Seine alte Art hieß »Floperette«. Nach außen hin verhielt er sich zwar noch wie Onkel Lester, die »Floperette« – er war nicht großspurig, er prahlte nicht, er redete auch nicht ständig von sich. Aber irgendwie trat er jetzt schärfer in Erscheinung, während alle in seiner Nähe verblaßten. Jimmy hätte vielleicht von »Charisma« gesprochen, hätte er das Wort gekannt. Das bedeutete, daß Onkel Lester alles überragte, selbst Vater, obwohl er nur halb so groß war.

Noch vor einer Woche hatte Jimmy geglaubt, er und Onkel Lester hätten vieles gemeinsam. Sie waren beide Versager. Keiner wurde von Vater respektiert. Vor einer Woche blitzte Onkel Lester wie ein Leuchtfeuer in der Dunkelheit auf und war das Licht in Jimmys trübem Alltag voller Enttäuschungen. Onkel Lester bedeutete Zukunft, obwohl Jimmy natürlich vorhatte, aus seiner eigenen Zukunft weit mehr zu machen. Im Gegensatz zu dem Onkel Lester von letzter Woche würde er berühmt sein. Er würde sich auch ein Loft im Zentrum von New York zulegen, wo kurz mal Freunde aus dem Showgeschäft vorbeischauten. Jimmy würde sich ebenfalls amüsieren, während Leute wie sein Vater ihn auslachten. Jimmys Traum war, mit seinem Erfolg sämtliche Fehlschläge von Onkel Lester auszugleichen.

Doch an einem niederschmetternden Nachmittag hatte sich alles verändert. Lester war aus Jimmys Kreis katapultiert worden. Jetzt gab es keinen Zweifel, wer der Erfolgreiche und wer der Versager war.

»Willst du noch ein Bier, Lester?« fragte Vater.

»Nein, jetzt nicht, Ben. Vielen Dank.«

»Willst du vielleicht lieber Weißwein?«

»Nein, danke.«

»Kein Problem. Die Flasche ist gleich aufgemacht.«

»Schon gut, Ben, wirklich.«

»Reich doch erst mal Onkel Lester den gebackenen Schinken, bevor du dir noch mal nimmst«, ermahnte Mutter Jimmy. Obwohl Onkel Lester seinen Teller bisher kaum angerührt hatte, bot Mutter ihm eine zweite Portion an. Dabei sah doch jeder Blinde, daß der Teller von Jimmy, ihrem Sohn, leer war. Nur Vaters Chef wurde sonst so zuvorkommend beim Essen behandelt.

»Hast du schon die Rollen verteilt, Onkel Lester?« fragte Lisi. Jimmy ärgerte sich, daß Lisi immer die richtigen Fragen stellte und er nicht. Und ihr fielen wirklich gute Fragen ein! Jimmy verband zwar eine besondere künstlerische Beziehung mit Onkel Lester, aber er hätte es nie so formulieren können: »Hast du schon die Rollen verteilt?« Bei Lisi klang das so leicht dahingesagt, so als wäre sie schon erwachsen und würde sich mit ihresgleichen unterhalten. Aber sie war nicht erwachsen, sie tat nur so. Sie war so unecht wie eine Schauspielerin. Sie redete, als ob sie zu Onkel Lesters Show gehörte, was eigentlich Jimmy zugestanden hätte.

Nachdem Jimmy seine finsteren Gedanken in sich hineingemurmelt hatte, bekam er nur noch den Schluß von Onkel Lesters Antwort mit: »... und weil wir das Geld so schnell zusammenhatten, können wir sofort mit der Produktion anfangen.«

»Ihr habt schon das ganze Geld zusammen?« fragte Vater.

»Ja, in Rekordzeit«, erwiderte Onkel Lester.

»Du brauchst kein Geld mehr?« fragte Vater beiläufig.

»Wir haben so viel bekommen, daß ich gar nicht weiß, wohin damit«, sagte Onkel Lester scherzhaft. Alle lachten, denn anscheinend war das von jetzt an die richtige Reaktion auf Onkel Lesters Scherze, ob sie lustig waren oder nicht.

Jimmy sah, wie Mutter sich nach vorn beugte und Vaters Hand unter dem Tisch drückte. Vater zuckte und zog sie schnell zurück, als wäre er ganz der alte. Dann fiel ihm wohl plötzlich ein, daß er sich ja verändert hatte, denn er nahm Mutters Hand wieder und lächelte sie dabei an, als wollte er sagen: »Tut mir leid, das war der falsche Vater.«

Jimmy konnte bei seinem Vater ein echtes Lächeln von einem gespielten unterscheiden. Wenn er gespielt lächelte, waren die Lippen so fest zusammengepreßt, daß kein Brecheisen sie auseinanderbiegen konnte. Im Innern lächelte Vater jetzt ebensowenig wie Jimmy. Und Jimmy wußte auch warum: Die ganze Woche über hatte er sich mit seiner Investition in Lesters Stück gebrüstet. Und nun war Lester, der sich jahrelang Geld von Mutter geliehen hatte (und es in achtzig Prozent der Fälle zurückgezahlt hatte) viel zu bedeutend, als daß er Vaters Geld benötigte. Jimmy sah seine Familie plötzlich mit neuen Augen. So schnell wie Onkel Lester ein Star geworden war, war Vater zum Versager geworden, genau wie sein Sohn. Vater schaffte es nicht mal als Geldgeber am Broadway.

17. Kapitel

Nachdem Mutter den Kaffee serviert hatte, wurden die Kinder vom Tisch geschickt. Früher ging Jimmy nur äußerst widerwillig, weil es mit Onkel Lester immer so lustig war. Jetzt konnte er es kaum abwarten, endlich nach unten in die Letzte Zuflucht zu kommen. Onkel Lester war einfach eine Nummer zu groß geworden, um noch Spaß mit ihm zu haben. Die wahre Probe bestand darin, ob er nach unten, in die Letzte Zuflucht kommen würde. Von allen Verwandten, die zu Besuch kamen, machte sich nämlich Onkel Lester als einziger die Mühe und schaute bei Jimmy vorbei. Er war der einzige, der fragte: »Na, hast du mir was Schönes zu zeigen?« Alle übrigen Tanten und Onkel und erwachsenen Cousins sagten immer nur: »Wird es nicht langsam Zeit, daß du dich mal für was *anderes* als Zeichnen interessierst?«

Mit dem Zeichenbrett auf den Knien wartete Jimmy, daß sich die Kellertür zur Letzten Zuflucht öffnete. Obwohl er sicher war, Onkel Lester würde nicht kommen. So war es, und so würde es von nun an bleiben, und er war ein Trottel, sich darüber Sorgen zu machen, statt über das, was wirklich zählte: zu lernen, einen guten abgeschnittenen Arm für Charley Beemer zu zeichnen. Jimmy wurde immer wütender, während er einen beschissenen abgeschnittenen Arm nach dem anderen zeichnete. Der Arm an sich war nicht das Problem, sondern diese unmöglich-zu-zeichnenden fünf Finger, die erst einen richtigen Arm aus ihm machten. Zuerst sahen sie wie Unkraut aus, dann wie Aale und schließlich wie Bananen. Wenn du mir nicht glaubst, überzeug dich selbst.

Wirklich grauenhaft.

»Na, hast du mir was Schönes zu zeigen?«

Jimmy war so in seine Fingerzeichnungen vertieft, daß er völlig überhört hatte, wie Onkel Lester die Kellertür geöffnet hatte und die fünf knarrenden Stufen heruntergestiegen war. Doch da stand er! Wie ein Superheld war er aufgetaucht, als er am nötigsten gebraucht und am wenigsten erwartet wurde. Er blinzelte Jimmy über die Schulter, als wäre er alles andere als ein hochnäsiger Broadwaystar.

»Na, hast du mir was Schönes zu zeigen?«

Jimmy war völlig außer sich. Er hatte sich auf Enttäuschung eingestellt, aber Onkel Lester war doch gekommen. An diese unerwartete Tatsache mußte er sich erst mal gewöhnen. Mit einer Hand deckte Jimmy blitzschnell die Hände zu, die er gerade malte.

Onkel Lester setzte sich vor Jimmy auf den staubigen Kellerboden. Er lächelte sein altvertrautes »Du und ich, Jimmy«-Lächeln, so als hätte er sich überhaupt nicht verändert. Ob das ein Trick ist? überlegte Jimmy.

Aber noch während ihm der Gedanke durch den Kopf schoß, meldete sich sein neuer Glaube an Lester wie läutende Kirchenglocken. Es verging keine Minute, und schon waren fünfzehn zerknüllte, aber noch nicht zerrissene Seiten voller abgeschnittener Arme glattgestrichen, um Jimmys völliges Versagen zu beweisen. »Ich kann es einfach nicht!« stöhnte er und war erleichtert, daß er einen Lieblingsonkel hatte (der außerdem noch eine große Nummer war!), dem er das gestehen konnte.

Onkel Lester begutachtete jede zerknitterte Zeichnung und summte dabei leise einen seiner Hits aus dem neuen Broadway-Musical. Jimmy fand das angesichts von Lesters Triumph und seinem eigenen Versagen zwar nicht ganz fair, aber er durfte sich nun wirklich nicht beschweren.

»Warum in aller Welt willst du eigentlich abgeschnittene Arme zeichnen?« fragte Onkel Lester. Jimmy erklärte ihm die Sache mit Kugelkopf.

»Tut mir leid, Jimmy, aber wenn du mich fragst ... ich weiß wirklich nicht ... die ganze Idee ... es ist zwar nur meine Meinung, aber ...« Und noch ehe er sein Gestammel beendet hatte, wußte Jimmy, daß Onkel Lester die Kugelkopf-Idee abscheulich fand. Jimmy verschlug es die Sprache. Es erschreckte und freute ihn gleichzeitig, daß Onkel Lester Charley Beemer so dreist herausforderte, obwohl er ihn nicht kannte, ihn nie getroffen oder von ihm gehört hatte. Für Jimmy war einfach jede Idee von Charley Beemer großartig, das hatte er vorausgesetzt. Die Rebellion und Verzweiflung hatte er auf seine Unfähigkeit und vielleicht seinen Neid zurückgeführt.

Von Lesters Verachtung für Kugelkopf ermutigt, zog Jimmy unter einer Schachtel mit Küchenfliesen seine neuesten Minimann-Abenteuer hervor. »Das ist doch schon viel besser!« meinte Onkel Lester. Er saß auf dem Kellerboden und blätterte den Stapel durch. Dann fing er zu lesen an und hörte zu summen auf. Er gluckste in sich hinein, brach in brüllendes Gelächter aus, grinste von einem Ohr zum anderen, klatschte in die Hände, rollte auf dem Hintern vor und zurück und warf seine dürren Beine in die Luft. Jimmy versuchte, Lesters Blicken zu folgen, damit er genau sah, auf welches Bild er reagierte, aber Lester las so schnell, daß Jimmy nicht mitkam.

Dann legte Onkel Lester die Comics wieder sorgfältig auf den Kellerboden und schaute Jimmy freundlich an. »Das ist das Beste und Feinste vom Allerbesten und Allerfeinsten!«

Jimmy war so überwältigt, daß er nicht wußte, was er sagen sollte. Doch dazu ließ Lester ihm sowieso keine Zeit. »Weißt du, was ich unbedingt möchte? Natürlich nur mit deiner Erlaubnis. Ich muß mir diese Comics ausleihen. Dann mach ich Kopien und binde sie zu einem Buch. Das wird dann mein Geschenk für dich. Darf ich?«

Onkel Lester hatte die Frage so gestellt, als würde Jimmy ihm damit einen Gefallen erweisen. Und Jimmy wurde klar, daß ihn der Erfolg *nicht* verändert hat-

te. Er war der gleiche alte Kumpel wie immer. Doch der Erfolg hatte etwas anderes verändert: *Alle* Leute in Lesters Umkreis. Er hatte Vater, Mutter und Lisi verändert. Lester war kein bißchen hochnäsig, nur wollten ihn alle so behandeln, als ob er es wäre.

Jimmy brummte, womit er Onkel Lester zu verstehen gab, daß er die Minimänner mit nach Hause nehmen konnte. »Aber was soll ich bloß mit dem hier anfangen?« fragte Jimmy und hielt die zerknüllten Seiten mit den abgeschnittenen Armen hoch. »Die muß ich trotzdem noch machen.«

Onkel Lester erhob sich und klopfte sich die Hose sauber. Jimmy konnte förmlich sehen, wie er nach einer bedeutungsvollen Antwort suchte. »Du kannst keine Hände zeichnen«, begann Onkel Lester und zuckte mit den Schultern. »*Ich* konnte bis zu *Robotica* kein Liebeslied schreiben. Zwölf Jahre lang, *zwölf* lange Jahre, konnte ich alle möglichen Musikstücke schreiben, alle, nur kein gutes Liebeslied.« Onkel Lesters Gesicht war vor Schmerz verzerrt. »Aber was taugt ein Baum ohne Blätter? Ein Himmel ohne Sterne? Ein Broadway-Musical ohne Liebeslied?«

»Aber du hast doch ein *tolles* Liebeslied geschrieben!« sagte Jimmy und sang die ersten Takte von »Gefühle sind schön und süß und gut.«

»Singen läßt es sich leicht«, erwiderte Onkel Lester. »Aber ich habe mich gequält, bin gescheitert, habe mich wieder gequält und bin wieder gescheitert. Zwölf Jahre lang.« Er nickte mehrmals, als würde er die Jahre nachzählen. »Eines Morgens stand ich dann auf, setzte mich ans Klavier und« – er schnippte mit den Fingern –, »und in fünf Minuten hatte ich mein Liebeslied geschrieben.«

Das verstand Jimmy nicht. »Aber wie denn?«

»Einfach *so*«, sagte Onkel Lester, als sei das die Antwort. »Es gibt Zehn-Minuten-Lieder«, fuhr er fort. »Die sind in zehn Minuten geschrieben. Für manche Lieder brauchst du zwanzig oder dreißig Minuten. Andere wiederum dauern zwei Tage oder zwei Wochen oder zwei Monate. Mein Liebeslied war zufällig ein Zwölf-Jahres-Lied.«

»Ach, ich verstehe«, sagte Jimmy, ohne das geringste zu verstehen.

»Ein gutes Lied kannst du erst schreiben, wenn es fertig ist. Und manchmal – oder besser viel zu oft – ist es erst fertig, nachdem du viele schlechte Lieder geschrieben hast. Die Leute nennen das ›Scheitern‹. ›Scheitern‹«, wiederholte er mit zusammengekniffenen Lippen. »Ha! Dabei ist jedes ›Scheitern‹ ein Stück künftiges Glück, denn es bringt dich dem Ziel ein bißchen näher. Du mußt scheitern und noch mal scheitern, zweifach, dreifach und vierfach scheitern. Du mußt so schlimm scheitern, daß dir kein Mensch mehr etwas zutraut...« Lester machte eine Pause. »Du selbst denkst natürlich ganz anders.«

»Wirklich?« fragte Jimmy.

»Ja, denn du selbst weißt ohne den ... ohne den geringsten Zweifel«, fuhr Onkel Lester fort, als hätte er sehr oft übers Scheitern nachgedacht, »daß es mit dem Scheitern wie beim häßlichen Entlein ist.«

Jimmy hätte vielleicht getippt, daß Scheitern eine unheilbare Krankheit ist oder ein dunkler Tunnel, aus dem es kein Entrinnen gibt. Aber nicht in einer Million Jahren hätte er vermutet, daß es mit dem Scheitern wie beim häßlichen Entlein ist.

»Ein schöner Schwan entsteht nicht durch Zufall«, sagte Onkel Lester. »Es gibt nur eine Möglichkeit, ein schöner Schwan zu werden: Du mußt als häßliches Entlein anfangen und durchhalten.«

Jetzt verstand Jimmy. »Wie die Raupen, die sich in Schmetterlinge verwandeln?«

»Genau!« sagte Onkel Lester.

»So wie man erst mal gehen lernen muß, bevor man laufen kann!« sagte Jimmy.

»Richtig!« jubelte Onkel Lester.

»Wenn ich also eine gute Hand mit guten Fingern zeichnen will, muß ich erst mal hundert, tausend, vielleicht sogar zehntausend schlechte, entsetzliche, miserable Hände zeichnen.«

»Das hätte ich, hätte ich, hätte ich selber nicht besser sagen können.« Onkel Lesters Augen glänzten. Er legte einen Arm um Jimmy und zog ihn an sich. »Also, also, also, was sagst du jetzt?«

Jimmy schwieg. Was sollte er auch sagen? Onkel Lester hatte ihm gerade erklärt, daß Scheitern in Ordnung war. In Ordnung? Aber Scheitern war doch schrecklich! Alles in seinem Leben sprach dafür, daß Lester keine Ahnung hatte, wovon er redete. Offensichtlich war es aber doch nicht so. Wenn Onkel Lester kein Fachmann im Scheitern war, wer dann?

Wie aber konnte etwas gut sein, wenn es einem dabei so schrecklich ging? In dem Augenblick fiel Jimmy wieder der Rest von Onkel Lesters Rede ein. Scheitern war nur gut, wenn man es nicht als Scheitern, sondern als etwas ganz Normales hinnahm. Wenn man es nicht als Beweis sah, daß man ein Trottel, ein Versager war.

Dann war Scheitern also normal? Scheitern war *normal*? Keine Sekunde glaubte Jimmy daran. Aber dann erinnerte er sich an den schwierigsten Teil: Scheitern kann man nur, wenn man weitermacht. Immer weiter und weiter. Egal, wie oft man scheitert, man darf nicht aufgeben. Und hier lag der Haken. Denn tief im Innern wußte Jimmy, daß er aufgeben wollte.

18. Kapitel

Jimmy näherte sich der Tafel, als wäre sie das Außenfeld beim Baseball. Mrs. Minnafy verstand das natürlich nicht. Es war schließlich ihr Klassenzimmer, sie gehörte hierher und nicht Jimmy. Sie dachte sich an der Tafel die Fragen aus, die Jimmy beantworten sollte, was er meistens auch »korrekt« tat. Die Antworten waren das Schlimmste an der Schule. In jedem Fach gab es »korrekte« und »unkorrekte« Antworten, außer beim Englischaufsatz, wo seine Lehrerin Ms. Hazeltene ihm weismachen wollte, er hätte Alternativen. Doch letztlich waren es fast immer nur ihre.

Jimmy gab nicht gern Antworten, selbst wenn sie »korrekt« waren. Denn für ihn machte eine »unkorrekte« Antwort fast ebensoviel Sinn wie eine »korrekte«. Der Unterschied beruhte vielleicht auf einer Ziffer oder einer Kommastelle nach rechts oder links. Oder man verwechselte eine Hauptstadt, die auf der Karte ein oder zwei Länder weiter oben, unten oder seitlich lag.

Jimmy hatte ein gutes Gedächtnis, nur nicht für solchen Kram. Von jedem Superhelden aus den DC- und Marvel-Comics konnte er den Namen, das Kostüm und die magischen Kräfte aufzählen; seine Erinnerung reichte über fünfzig Jahre bis zu Superman, Batman und Captain America zurück. Nicht schlecht für ein

Kind in seinem Alter. Doch die Antworten, die er für die Schule auswendig lernen mußte, hatten nichts mit den Fragen zu tun, die ihn beschäftigten, sondern nur mit dem, was Mrs. Minnafy und Ms. Hazeltene interessierte.

Jimmy verstand den Sinn von Schulfragen so: Sie hatten zwar nichts mit dem richtigen Leben zu tun, aber man mußte sie gut beantworten, damit man die Abschlußprüfung schaffte und danach ins richtige Leben einsteigen konnte. Für Jimmy war Schule nicht Lernsache, sondern Glückssache. Man mußte sich gute Noten holen, entweder durch Auswendiglernen oder gewisse Täuschungsmanöver, was auch immer. Auswendiglernen schien ihm ebenso sehr Betrug wie Betrügen an sich. Warum? Weil er den Stoff, den er für den Unterricht am Montag lernte, am Dienstag schon wieder vergessen hatte. Aber dann hatte er schon die gute Note in der Tasche, also was soll's? Was hatte das alles mit seinem Leben zu tun?

Sein Leben erwartete ihn draußen vor dem Klassenzimmer in Gestalt von Charley Beemer. Und dazu brauchte er nicht die Antwort, die er sich gerade an Mrs. Minnafys Tafel ausdachte. Die Frage, die ihn im Moment (während er mit der Kreide quietschende, ohrenbetäubende Geräusche verursachte) wahnsinnig machte, lautete: Warum sollte er leiden und zehntausend schlechte Hände zeichnen, wo Comic-Zeichnen doch Spaß machen sollte? Und dann wurde auch noch erwartet, daß er gut war. Andere Kinder waren im Baseball gut. Oder sogar in der Schule! Bei denen entdeckte Jimmy keine Anzeichen dafür, daß sie unter *ihrer* Begabung litten. Warum sollte er als erstes Kind in der Geschichte unter dem leiden, worin er gut war? Auf diese Frage mußte er unbedingt eine Antwort finden und nicht auf das bekloppte Matheproblem, mit dem er gerade an der Tafel kämpfte. Aber wüßte Mrs. Minnafy wohl eine Antwort, wüßte sie überhaupt, wovon er redete, wenn er ihr diese Frage stellte?

»Ausgezeichnet, Jimmy. Das war schon viel besser als gestern«, sagte Mrs. Minnafy. »Du darfst dich wieder setzen.«

19. Kapitel

Charley Beemer las so langsam, daß Jimmy allmählich Kopfschmerzen bekam. Aber immerhin *lächelte* er. Und er nickte dauernd. Jetzt blätterte er Seite eins von *Kugelkopf* um und erwartete gespannt Seite zwei. Doch es gab keine Seite zwei. »Wo ist denn die zweite Seite?«

»Mehr hab ich nicht geschafft«, sagte Jimmy. Gelassen, wie er hoffte.

»Nur eine Seite?«

Jimmy nickte. Gelassen, wie er hoffte.

»Du hast nur eine Seite gemacht?« Charley Beemer tat gerade so, als spiele Jimmy ihm einen Streich und rücke gleich mit dem Rest des Comics raus.

»Mein Onkel Lester hat doch dieses Musical geschrieben«, diese Entschuldigung hatte Jimmy schon den ganzen Tag einstudiert, »und da hatte ich keine Zeit.«

Charley Beemer las die einzige Seite noch einmal, allerdings etwas langsamer als das erste Mal.

»Gefällt es dir nicht?« Jimmy versuchte gar nicht mehr, gelassen zu klingen.

Charley zuckte mit seinen kräftigen Schultern. »Sicher, es fängt ganz gut an, aber dann passiert nichts. Die tun ja nichts als ...«, er suchte nach dem richtigen Wort, »... reden.«

KUGELKOPF
WER IST DIE RÄCHENDE WAFFE DES TODES, DIE GEWALT UND VERDERBEN ÜBER DROGENKARTELLE UND GANGSTERBANDEN BRINGT?
BETTY TODD, EINE STAR REPORTERIN
ICH AUCH
ICH HABE DIE VERBRECHEN SATT
STORY CHARLEY BEEMER
ZEICHNUNGEN
BOB BARRY, EIN PLAYBOY, IST BETTYS FREUND
DAMIT IST JETZT SCHLUSS! ES IST AUS!
KOMM! GIB MIR NOCH NE CHANCE!
DIR IST DAS EGAL! DU BIST JA REICH!
AUA! DAUERND HACKST DU AUF MIR RUM!
WIR SEHEN UNS ERST WIEDER, WENN DU DAS VERBRECHEN BEKÄMPFST!
UND WENN ICH VERLETZT WERDE?
DU FEIGLING!
MEIN ALTER FREUND PROF STEIN HILFT MIR SICHER! ICH WERDE IHN BESUCHEN!

Er schaute sich die Seite noch einmal an. »Die reden nur«, sagte er, als ob es nicht wahr sein konnte, was er da vor sich sah. »Die reden und reden.«

»Die sagen nur, was du mir gesagt hast«, verteidigte Jimmy seine einzige Seite.

»Ja«, murmelte Charley. »Mehr hast du in einer Woche nicht geschafft?« Er warf Jimmy einen ungläubigen Blick zu.

»Mein Onkel hat ein Broadway-Musical geschrieben ...«

»Ach ja?« Charley kapierte das einfach nicht. Sein Gebiet war der Sport. Womöglich wußte er gar nicht, was ein Broadway-Musical ist? Aber was hatte das mit seinem *Kugelkopf* zu tun?

»Heute abend setz ich mich hin«, versprach Jimmy.

»Gibt es heute abend kein Musical?« Von jedem anderen als Charley Beemer wäre das ein übler Schlag gewesen.

»Nein«, sagte Jimmy.

»Du machst es also?«

Jimmy nickte.

»Die Idee ist doch gut, oder?«

Jimmy nickte wieder.

»Ich meine, du willst es doch machen, oder?«

Jimmy nickte noch einmal.

»Oder willst du es vielleicht doch lieber *nicht* machen?«

»Doch, ich möchte es machen.«

»Wenn du es nämlich nicht ...«

»Ich will aber.«

»Also, wenn du es nicht ...«

»Ich bin nur nicht weitergekommen!«
»Ja, aber, wenn du es nicht …«
»Ich schwöre, heute abend wird es fertig, Charley!« flehte Jimmy und bot dabei wirklich keinen schönen Anblick.

20. Kapitel

Jimmy starrte und starrte und starrte immer weiter. Es war ein leeres weißes Blatt Papier, auf das er starrte. Es lag auf seinem Zeichenbrett in der Waschküche im Keller. In seiner Letzten Zuflucht. Das leere Blatt Papier starrte drohend zurück. »Wenn du mich vollmalst, wird es dir leid tun«, sagte es. Natürlich nicht richtig. Papier kann schließlich nicht sprechen. Aber es kam ihm fast so vor.

Falls du einen Künstler oder Schriftsteller kennst, dann sprich ihn mal auf ein leeres weißes Blatt Papier an. Es ist furchterregend. Es jagt einem Angst ein, weil es so erwartungsvoll weiß aussieht. Weiß wie die Hoffnung. Weiß, das dir zu verstehen gibt: »Für wen hältst du dich eigentlich? Ha!«

Und Weiß als Verheißung für die Preise, die du vielleicht für die Zeichnung oder die Geschichte auf dem leeren weißen Blatt Papier gewinnst. Und früher oder später, wenn dir nichts mehr einfällt, was du noch erledigen könntest, wenn du schon einmal zuviel auf dem Klo warst, wenn du deinen Lieblingsbleistift verloren, ihn aber dummerweise viel zu schnell wiedergefunden hast, so daß er dir jetzt erwartungsvoll zwischen den Fingern zuckt, dann ist es soweit: Du setzt ihn auf das leere, saubere, weiße Blatt Papier und alles ist aus. Das Papier ist ruiniert. Dein Strich ist miserabel. Den Preis kriegt ein anderer. Einer, der ihn verdient. Denn *dieser* Künstler fürchtet sich nicht vor weißem Papier.

Aber diesem Künstler schaute auch kein Charley Beemer über die Schulter. Dieser Künstler zeichnete, weil es ihm Spaß machte, so wie Jimmy früher auch. Vor Charley Beemers Zeit. Inzwischen war Zeichnen nur noch Arbeit. Wenn er in seine Letzte Zuflucht runterstieg, war er wie sein Vater, der morgens ins Büro ging, im Dunkeln nach Hause kam und dann nichts mehr zu sagen hatte bis auf »Ich bin müde« oder »Wann ist endlich Wochenende?« Doch was gab es sonst auch über einen Job zu sagen?

Jimmy wollte ein Künstler wie Onkel Lester sein. Der hatte zwar keine feste Arbeit, dafür aber Spaß. Wenn Jimmy seine eigenen Ideen zeichnete, war er wie Onkel Lester. Wenn er aber die von Charley Beemer zeichnete, war er wie Vater. Und damit war seine Letzte Zuflucht kein Versteck mehr, sondern eine Falle.

»Jimmy!« Das war seine Mutter! »Jimmy, wo steckst du denn?« Vielleicht fand sie ihn ja nicht, wenn er mucksmäuschenstill blieb. »Jimmy, ich brauch dich mal. Du mußt mir was besorgen!« Sie stand oben an der Kellertreppe und rief ihn, als wüßte sie genau, wo er war. Aber woher sollte sie?

Jimmy war zu beschäftigt, um jetzt etwas zu besorgen, er mußte arbeiten! Schnell skizzierte er Kugelkopf auf das leere weiße Blatt Papier. Nicht schlecht. Eigentlich war er fertig. Trotzdem konnte er seiner Mutter unmöglich etwas besorgen. »Warum kann Lisi nicht gehen?«

»Komm rauf.«

»Ich zeichne gerade.«

»Komm jetzt rauf, Jimmy.«

»Später.«

»Ich brauche deine Hilfe. Ich bitte dich ja wirklich nicht oft darum.«

»Lisi bittest du nie darum.«

»Komm jetzt. Sei so großzügig, *bitte*.« Damit fiel die Kellertür klickend ins Schloß.

Aber Jimmy wollte nicht gehen, schon gar nicht wegen der Art, wie sie »bitte« gesagt hatte. Es war kein höfliches »bitte«, wie etwa »Bitte, tu mir doch einen Gefallen«. Bei ihr klang es eher wie »Bitte merk dir mal eines: Wenn ich von dir verlange, daß du etwas für mich tust, dann ist das allemal wichtiger als alles, was du gerade machst, egal wie ungerecht das ist.«

Oben in der Küche saß Mutter am Tisch und las eine Zeitschrift. Jimmy kam aus dem Keller und wartete an der Tür. Sie las weiter. Erst hat sie's furchtbar eilig und dann liest sie, dachte Jimmy. Er beschloß nichts zu sagen. (Vielleicht hatte sie das Ganze ja vergessen!) Er stand an der offenen Kellertür und wartete auf den richtigen Moment, um sich wieder nach unten zu verdrücken.

Als Mutter die Seite umblätterte, nutzte Jimmy die Gelegenheit und trat sachte einen Schritt zurück. Nicht das geringste Geräusch war zu hören, und Mutter blickte auch nicht auf. Trotzdem sagte sie: »Warte.« Und zwar so leise, daß Jimmy es leicht hätte überhören können. Lisi hätte es garantiert überhört. *Die* hätte nicht gewartet. *Die* hätte das getan, was ihr paßte. *Die* wollte keine Botengänge erledigen, also ließ sie es bleiben. Jimmy wollte das zwar auch nicht, nur fehlte ihm Lisis Temperament, also blieben die Botengänge an ihm hängen. Genau das war so ungerecht. Jimmy trat noch einen Schritt zurück.

»Ich lese nur noch den Absatz zu Ende«, sagte Mutter leise, ohne von der Zeitschrift aufzublicken.

Jimmy wartete. Endlich war Mutter fertig, schaute hoch und starrte eine Weile ins Leere, als wäre ihr entfallen, warum sie ihn hatte warten lassen. Jimmy zappelte unruhig herum und trat von einem Fuß auf den anderen. Eigentlich sollte er unten mit seinen *Kugelkopf*-Zeichnungen vorankommen. Es kribbelte ihn richtig in den Fingern. Er war geradezu versessen darauf! Warum stand er hier und schlug wer weiß wieviel Zeit tot, bis seine Mutter sich bequemte, etwas zu sagen? Er stellte sich vor, wie er über sein Zeichenbrett gebeugt dasaß, die Zunge in der Backe (dort steckte er sie beim Zeichnen immer

hin), und Seite um Seite für Charley Beemer produzierte.

»Ein höchst interessanter Artikel ...«, sagte Mutter nachdenklich und schaute wieder in die Zeitschrift.

»Hä?« sagte Jimmy, womit er eigentlich meinte: Darf ich hier vielleicht irgendwann noch mal weg?

Mutter nahm die Zeitschrift. »Über Picasso. Pablo Picasso. Weißt du, wer das ist?«

»Klar«, sagte Jimmy und dachte: Ist das eine Prüfung?

Mutter wollte noch mehr hören. Jimmy stöhnte in sich hinein. »Das ist ein Maler.«

»Ein *großer* Maler«, verbesserte Mutter ihn.

Jimmy nickte so wie immer, wenn Mutter ihn mit Gewalt an die Hand nahm und ins Museum of Modern Art in New York schleppte. Jimmy hatte nichts gegen Kunst, solange er sie allein betrachten und selbst entscheiden konnte, was ihm gefiel. Doch beim Thema Kunst war seine Mutter wie seine Lehrer. Sie beantwortete nicht Jimmys Fragen, sondern ihre eigenen. Und je länger ihre Vorträge über Picasso, Braque oder Cézanne dauerten, desto stärker erinnerten ihn die Gemälde im Museum an die Matheprobleme auf Mrs. Minnafys Tafel. Hätte man Jimmy gefragt, dann wäre Frederic Remington sowieso der beste von allen. Oder hat Picasso jemals einen Cowboy auf einem wilden bockigen Pferd gemalt?

21. Kapitel

Picassos Hut

Mutter lächelte ihr zufriedenes, geistesabwesendes Lächeln, ein Zeichen dafür, daß sie zu einer längeren Rede ansetzte, die Stunden dauern würde, das wußte Jimmy aus Erfahrung. »Als Picasso noch sehr jung war und in Paris lebte«, begann Mutter, »verbrachte er einmal mit seiner Liebsten einen Urlaub im Loiretal. Aber halt, ich greife schon vor. *Bevor* sie nämlich aus Paris zu ihrem Urlaub im Loiretal aufbrachen – es war im Spätfrühling, April oder Mai – führte Picasso seine Liebste zu einer schicken Pariser Putzmacherin. Weißt du, was eine Putzmacherin ist?«

Jimmy schüttelte den Kopf.

»Eine Putzmacherin ist ein Hutgeschäft, Liebling. Das müßtest du eigentlich wissen.«

»Gut. Eine Putzmacherin ist ein Hutgeschäft. Wieder was gelernt«, murmelte Jimmy ungeduldig in sich hinein.

»Und bei der Putzmacherin, also im Hutgeschäft, erstand er einen Frühlingshut!«

Überraschung, Überraschung, spottete Jimmy insgeheim.

»Für seine Liebste«, fuhr Mutter fort. »Ich beschreibe ihn dir.«

Nein! rief Jimmy im Stillen. Doch es nützte nichts. Mutter beschrieb den Hut. Sie malte ein Wortgemälde.

Das dauerte Tage. Sie beschrieb ihn bis ins letzte Detail. Es dauerte länger, den Hut zu beschreiben, als ihn herzustellen.

»Langweile ich dich?« fragte Mutter.

»Nein«, erwiderte Jimmy mit glasigem Blick, so gelangweilt war er.

»Wo war ich noch? Ach ja, sie sind im Urlaub. Und natürlich sind sie verliebt. Unglaublich verliebt. Sie verbummeln ihre Zeit auf langen Wanderungen in der Umgebung. Mittags legen sie ein Picknick mit köstlichen Speisen ein, Käse und Obst – Birnen, Kirschen, Weintrauben –, und dazu essen sie knuspriges französisches Weißbrot. Sie haben alles in einen Strohkorb gepackt, auch die passende Flasche Wein, wie das bei Franzosen üblich ist, obwohl Picasso eigentlich Spanier war. Langweile ich dich?«

»Mmh«, sagte Jimmy.

Mutter nickte zufrieden. »Am letzten Tag fahren sie mit einem Boot auf den See hinaus. Picassos Liebste hat ihren Hut auf, diesen überaus schönen Hut, den sie den ganzen Urlaub, jeden Tag, getragen hat. Er vergöttert sie darin. In diesem Hut verkörpert sie für ihn alles, was das Leben fröhlich und heiter macht. Den Geist des Frühlings! Und an ihrem letzten Tag, auf der letzten Bootsfahrt – hör auf zu zappeln, Jimmy! – kommt plötzlich eine kräftige Brise auf und bläst Picassos Geliebter den Hut vom Kopf. Er wird weit auf den See hinaus geweht. Picasso rudert hinterher, doch da wird der Hut von einer starken Strömung erfaßt. Picasso versucht ihn zu packen und verfehlt ihn. Die reißende Strömung treibt den Hut immer weiter und weiter weg. Doch dann gerät er in einen Wasserfall und ist fort. Fort! Als Picasso und seine Liebste nach Paris zurückkehren, sind sie nicht mehr verliebt. Es lag am Hut, verstehst du.«

Jimmy verstand gar nichts. Er hatte keine Ahnung, wovon seine Mutter redete.

»Zehn Jahre später verbringt Picasso wieder einen Urlaub im Loiretal, das erste Mal seit damals. Da entdeckt er ein junges Mädchen, das auf einer Wiese Blumen pflückt. Und sie trägt Picassos Hut! Ist das nicht bemerkenswert?«

Jimmys Fuß war eingeschlafen. Er lächelte seine Mutter an und nickte, während er sich langsam rückwärts dem Keller näherte.

»Ich bin noch nicht fertig«, mahnte Mutter. »Picasso folgt dem Bauernmädchen (denn das ist sie) und bietet ihr an, ihr den Hut abzukaufen. Aber sie will nicht, er gehört jetzt ihr. Sie hat ihn seit zehn Jahren getragen und ihn geflickt, wenn er zerrissen war. Er gehört ihr, und sie sieht hinreißend damit aus. Sie erinnert ihn an seine alte Liebe. Aber Picasso ist inzwischen alt, und das Mädchen hat einen jungen Liebhaber. Picasso beobachtet, wie sie gemeinsam Picknick machen, zwischen den Feldblumen spazierengehen und abends vor dem Café im Freien essen. Er hätte sein letztes Bild gegeben, um an der Stelle des jungen Mannes zu sein und neben dem Mädchen mit dem Hut zu sitzen.

Von dieser Zeit an bis zu seinem neunzigsten Lebensjahr reist Picasso jedes Jahr ins Loiretal. Er geht in den Feldern spazieren, setzt sich in das Café und wartet vergeblich auf das Mädchen mit dem Picasso-Hut.« Mutter lächelte Jimmy liebevoll zu. »Na, das war doch gar nicht so schlecht, oder?«

Doch, das *war* schlecht. Unglaublich schlecht sogar. Trotzdem konnte es sich Jimmy nicht verkneifen zu fragen: »Warum hat er das bloß gemacht?«

Mutters sanfte Augen waren vor Rührung ganz feucht. »Warum hat er was gemacht, Liebling?« Sie nahm Jimmys Hand und hielt sie, als hätten sie soeben gemeinsam einem Sonnenuntergang beigewohnt.

»Warum ist er zurückgegangen bis er neunzig war, nur um einen *Hut* zu sehen? Warum ist er nicht einfach wieder in das Geschäft und hat einen neuen gekauft?«

Mutters Augen wurden hart. »In der Geschichte geht es nicht um den Hut, Jimmy.«

»Klar geht es um den Hut. Der Hut, der Hut, du hast doch von nichts anderem erzählt. Jedes zweite Wort war ›Hut‹.«

Mutter schaute ihn an, als wünschte sie ihn wieder in den Keller hinunter. »Der Hut ist eine Metapher. Ein Symbol. Das, was wir ein ›Symbol‹ nennen. Er steht für die Liebe. Er steht für die verlorene Jugend.«

Verlorene Jugend, dachte Jimmy gereizt. Er würde seiner verlorenen Jugend später einmal keine Sekunde nachtrauern. Was ihn betraf, konnte er sie gar nicht schnell genug verlieren.

»Vielleicht ist die Geschichte einfach zu alt für dich«, sagte Mutter. »Und jetzt gehst du für mich einkaufen.« Plötzlich war sie wieder ganz geschäftig. »In den Laden für Künstlerbedarf im Einkaufszentrum.

Nimm dein Fahrrad und hol mir eine Tube Aquarellfarbe, kobaltblau. Fünf Dollar müßten eigentlich reichen. Für den Rest kannst du dir was kaufen. In Ordnung?«

In Ordnung? Jimmy konnte es kaum erwarten rauszukommen.

22. Kapitel

Seit fast einer Stunde war er wieder zurück und hatte schon zwei Seiten gezeichnet. Zwei einwandfreie *Kugelkopf*-Seiten. Charley Beemer würde Augen machen! Die schwierigste Hürde, nämlich die abgeschnittenen Körperteile, hatte Jimmy hinter sich gebracht: Köpfe, Arme und Beine hatte er grob skizziert, wobei er Köpfe und Beine in die Bildmitte plazierte, während er die Arme nach außen quetschte, so daß die Hände vom Rand abgeschnitten wurden. Auf diese Weise ersparte er sich die undankbare Aufgabe des Händezeichnens. Hier ist eine Kostprobe, wie das Ganze aussah:

Die Geschichte lief wie geschmiert, da Jimmy seine eigenen Ideen mit Charleys Vorgaben vermischte. Natürlich blieb es nach wie vor Charleys Geschichte, daran gab es keinen Zweifel. Nur kam Jimmy sich jetzt nicht mehr wie ein Fließbandarbeiter vor. Großen Spaß machte es trotzdem nicht, aber wenigstens ein bißchen. Wenn er hart genug und lange genug daran arbeitete, überlegte Jimmy, dann machte es ihm vielleicht eines Tages richtigen Spaß, Charley Beemers Ideen zu zeichnen.

Doch im Augenblick plagte ihn ein anderes Problem: Er starb fast vor Durst. Seit fünf Minuten konnte er nur noch an Cola denken. Er spürte den süßen Geschmack förmlich auf der Zunge. Eigentlich hinderte ihn nichts daran, die Arbeit zu unterbrechen, in die Küche hinaufzugehen, eine Cola aus dem Kühlschrank zu holen und sie dann in seiner Letzten Zuflucht zu trinken. Theoretisch war das ganz einfach. Aber irgendwie hatte er Angst, so sehr er sich auch nach Cola sehnte. Unten im Keller war er allen aus den Augen, aus dem Sinn. Wenn er aber nach oben ging, egal wie leise, konnte es ihm passieren, daß er gegen den Küchentisch stieß. Oder die Kühlschranktür machte ein zu lautes Geräusch oder eine Küchenfliese knackte – und schon würden Mutter, Lisi oder Susu es hören und von ihm verlangen, etwas für sie zu erledigen. Wenn er dann nachgab, würde er seine Zeit verschwenden, und wenn er sich weigerte, würde er mit dem darauf folgenden Streit ebenfalls seine Zeit verschwenden. Im Moment jedoch verschwendete er seine Zeit mit seinen Sorgen über Zeitverschwendung. Also schlich Jimmy nach oben, wo seine Mutter ihn tatsächlich erwischte.

»Ich fürchte, du mußt noch mal los«, sagte sie. »Du hast das Rot vergessen.«

»Welches Rot?«

»Na, das Rot, das ich wollte. Das Blau hast du mitgebracht, aber das Rot nicht.«

»Von Rot hast du auch nichts gesagt.«

»Doch, Liebling.«

»Du hast kein Wort von Rot gesagt. Ich gehe jedenfalls nicht mehr.«

»Du weißt genau, ich mag es nicht, wenn du diesen gar nicht großzügigen Ton anschlägst, Jimmy.«

»Ich schlage diesen Ton an, weil du nichts von Rot gesagt hast und ich nicht noch mal wegen einer Sache los möchte, von der du vorher nichts gesagt hast.«

Jetzt beschloß Mutter, es auf die logische Tour zu probieren. »Aber warum sollte ich dich nicht um Rot gebeten haben, wenn ich es genauso dringend brauche wie Blau?«

»Weil du es vergessen hast.«

Mutter lächelte und schüttelte den Kopf. »Wie könnte ich etwas so Wichtiges vergessen?« Sie sah Jimmy süß und geduldig, aber bestimmt an.

Das war eine der Sachen, die Jimmy am allermeisten haßte: ein Streit, in dem er recht hatte und das auch wußte, den er aber trotzdem von vornherein verloren hatte. Wenn du auf Seite 123 zurückblätterst, kannst du nachlesen, daß Mutter nur von Blau redete. Vielleicht *wollte* sie um Rot bitten, aber aus irgendeinem Grund war es ihr entfallen. Doch Jimmy kannte die harten Fakten der Kindheit: Es ist völlig sinnlos, Erwachsene auf Fehler hinzuweisen.

Trotzdem machte er einen letzten Versuch: »Du hast von Picassos Hut erzählt und es deshalb vergessen.«

So unglaublich es scheint, aber Mutter blickte auf

einmal verwirrt. »Das … ist … doch … nicht möglich, Liebling«, sagte sie so langsam, daß in Jimmy schon ein winziger Hoffnungsschimmer aufkeimte. Aber er war schnell zerschlagen. »Nun, selbst wenn ich es vergessen habe, was ich nicht glaube, muß mir jemand Rot holen.«

»Dann schick doch Lisi.«

Mutter lächelte über diesen törichten Vorschlag. »Lisi geht nicht, das weißt du genau. Aber wenn du gehst, bekommst du noch ein bißchen Geld und darfst dir etwas kaufen.«

Jimmy hatte sich schon beim ersten Mal etwas gekauft: eine Packung bunte Zaubermarker. Sollte er jetzt wieder los müssen, dann würde er sich einen Aquarellpinsel und ein Fläschchen Tusche besorgen. Denn seit Charley Beemer so gelangweilt auf *Minimann* reagierte, hatte Jimmy schon öfter daran gedacht, von Bleistift auf Pinsel und Tusche umzusteigen, denn damit zeichneten richtige Cartoonisten ihre Superhelden. Doch obwohl Jimmy nun einen guten Grund zum Losgehen hatte, kam er nicht über die Ungerechtigkeit weg, daß er wieder dran glauben mußte. »Warum kann Lisi denn nicht gehen?«

»Sie hat jetzt ihre Lesezeit.«

»Und ich habe jetzt meine Zeichenzeit«, entgegnete Jimmy empört über so viel Ungerechtigkeit.

Mutter legte ihm beide Hände auf die Schultern und zog ihn an sich. »Jimmy, ich ersticke in Arbeit. Und du weißt doch, was höchstwahrscheinlich los ist, wenn ich Lisi bitte.« Das wußte Jimmy: Krieg der Sterne. »Und was hätten wir dann alle davon?«

Sie fragte so sanft, nett und vernünftig, daß Jimmy einfach nachgeben mußte. Er beschloß sogar, sich eine Scheibe von Mutter abzuschneiden und ihr genauso sanft, nett und vernünftig zu antworten: »Lisi schreit und brüllt, also kriegt sie ihren Willen. Ich schreie und brülle nicht, also bin ich nett, und fürs Nettsein heißt es dann: Geh in den Laden. Wenn du das gerecht findest, dann geh ich. Aber zuerst mußt du mir sagen, daß du das gerecht findest.«

Mutter nahm ihre Hände von Jimmys Schultern. Ihr Körper sackte wie unter einem großen Gewicht nach vorn. Sie schüttelte den Kopf – nicht über ihn oder sonst wen – und ging zur Küche hinaus.

Da erschrak Jimmy. »Ich geh ja schon!« rief er.

Mutter drehte sich um und sah ihn so traurig an, daß sich ihm das Herz zusammenzog. »Ich frage Lisi.« Und damit war sie aus der Küche verschwunden.

Soeben war etwas Außergewöhnliches passiert. Etwas, das in Jimmys Familiengeschichte noch nie vorgekommen war. Jimmy hatte gewonnen! Und zwar nur durch Reden! Ohne Wutanfall, nur durch Reden. Das war das Gute an der Sache. Es war so gut, daß Jimmy sich fast sechs Meter groß fühlte. Das Schlechte daran war, daß er gleichzeitig das Gefühl hatte, mit jedem seiner sechs Meter im Gefängnis zu stehen, denn er hatte Mutter zweifellos in ihr sicheres Verderben geschickt.

Fünf Minuten später saß Jimmy so konzentriert über einer komplizierten Zeichnung, daß er Mutter und ihr Schicksal vollkommen vergaß. Kugelkopf sprengte gerade ein Schlachtschiff unter Wasser. Von irgendwo im Haus, wahrscheinlich aus Lisis Zimmer, hörte er lautes Rumoren, das man eventuell als Geschrei identifizieren konnte. Aber es dauerte so lange und war so gleichmäßig, daß es sich mit dem Lärm eines tieffliegenden Flugzeugs und des Straßenverkehrs vermischte und seine Arbeit als eine Art Hintergrundbrummen begleitete.

Plötzlich flog die Kellertür auf. Jimmy wußte genau, wer es war. Und er wußte auch, was ihn erwartete. Er war so gut wie tot. Es gab nur eine Möglichkeit, um sich vor dem Tod zu retten: weitermachen, einfach zeichnen wie bisher und so tun, als ob nichts wäre. Den Kopf ganz tief über das weiße Blatt Papier neigen und zeichnen, zeichnen, nichts als zeichnen.

Jetzt kam Lisi. Brüllend stieg sie die Treppe herunter und brüllend stand sie über ihm. Sie holte nicht einmal Luft zwischendurch. **WIE KANNST DU ES WAGEN**, schrie sie ungefähr fünfzehnmal hintereinander, danach folgte ebensooft **DU BIST SO UNGERECHT**. Jimmy schob seine Nase noch näher ans Papier, bis nur noch ein paar Zentimeter dazwischen waren. Er konnte nicht einmal mehr das Bild erkennen, an dem er arbeitete.

»Das sieht doch gar nicht nach deinem Kram aus. Was machst du denn da?« Ihr plötzlicher Tonwechsel (immer noch laut, aber kein Brüllen mehr) verblüffte Jimmy dermaßen, daß er seine Schwester jetzt zum ersten Mal seit ihrem Überfall auf die Letzte Zuflucht anguckte.

»*Kugelkopf*«, sagte Jimmy kleinlaut und zittrig, in der Hoffnung, daß Lisi das Ganze für ein Räuspern hielt, und daher bestätigte er es und sagte noch einmal »*Kugelkopf*«.

»Zeig mal her!« Das war zweifellos ein Befehl. Aber immerhin kein wütender, er wurde durch Neugier gemildert. Seit sie ihn vor Vater so bloßgestellt hatte, weigerte Jimmy sich, Lisi seine Bilder zu zeigen. Im Moment befand er sich allerdings nicht in der Situation, sich weigern zu können. Er überließ ihr die drei *Kugelkopf*-Seiten. Als er Lisi beim Lesen beobachtete, verflog seine panische Angst vor ihr. Er hatte beinahe schon vergessen, wie sehr ihm ihr Interesse für seine Arbeit schmeichelte und wie riesig er sich insgeheim darüber freute. Sie las seine Comics genauso gründlich wie sie wahrscheinlich ihre Physikhausaufgaben machte.

Als sie die Inspektion beendet hatte, hielt sich ihre miese Laune noch in Grenzen. »Und das *gefällt* dir?« fragte sie wütend.

Jimmys Antwort war ein Schulterzucken; seine Angst kehrte zurück.

»Was soll das? Du und das viele Blut und alles? Und die zerfetzten Körper und die davonfliegenden Teile? Der Kopf von dem Kerl steckt in einem Schiffspropeller!« Bis zu diesem Augenblick hatte Jimmy diese Zeichnung für seine gelungenste gehalten.

»Das ist ein ganz übler Bursche«, sagte Jimmy.

»Das ist widerlich! Was ist denn mit dir los?« Jetzt schrie Lisi wieder, aber noch brüllte sie nicht.

»Ich ... ich zeichne das nur für jemanden. Die Idee stammt natürlich nicht von mir.« Er kam sich vor, als hätte man ihn in der Schule beim Abschreiben erwischt.

»Du zeichnest das für *jemanden*?« Diese Information erstaunte Lisi. Ihr Stolz auf Jimmy beruhte zum Teil darauf, daß er ein Künstler war und sie nicht. Es war das einzige Gebiet, auf dem er sie schlagen konnte. Aber in ihrer Vorstellung mußte ein Künstler, ein echter Comic-Künstler, seine *Phantasie* benutzen. Er mußte *eigene* Ideen haben.

Was Lisi da hörte, gefiel ihr überhaupt nicht. »Für *wen*?« fragte sie herausfordernd. »Für wen zeichnest du?«

Jimmy wußte genau, seine tyrannische Schwester würde vor Überraschung zusammenbrechen, wenn er den magischen Namen aussprach. Von dem Moment an würde sie ihn mehr respektieren und weniger an-

schreien. Also wartete er absichtlich noch eine Weile, um die Spannung zu steigern. Und dann, mit dem richtigen Maß an Bescheidenheit und mit dem richtigen Maß an Stolz, knallte er es ihr vor den Latz: »Charley Beemer.«

»**CHARLEY BEEMER?!**« brüllte Lisi. Ja, jetzt brüllte sie wieder. »**CHARLEY BEEMER IST DOCH VÖLLIG UNBEGABT! MEINE IDEEN SOLLTEST DU NEHMEN UND NICHT DIE VON CHARLEY BEEMER! GLAUBST DU, ICH LASSE ZU, DASS CHARLEY BEEMER DIR IDEEN LIEFERT? DU BIST EKELHAFT! CHARLEY BEEMER IST EKELHAFT! DER HAT VIELLEICHT NERVEN! LIEFERT MEINEM BRUDER IDEEN!**« Die Kellertür knallte zu, und sie war verschwunden. »**DER HAT VIELLEICHT NERVEN!**« Jetzt knallte die Küchentür. »**WARTE NUR, BIS ICH VOM EINKAUFEN ZURÜCK BIN!**« brüllte sie draußen in der Einfahrt.

Keine Sekunde hätte Jimmy sich träumen lassen, daß Lisi von seiner Zusammenarbeit mit Charley Beemer nicht beeindruckt wäre. Er dachte, diese Neuigkeit würde sie umhauen. Aber sie war so anders als alle Kinder, die er kannte. Sie war *so* komisch.

Er schaute auf den Kellerboden, wo Lisi die *Kugelkopf*-Seiten hingeschmissen hatte. Vorsichtig, als könne er sich die Finger verbrennen, hob er sie auf und untersuchte sie im Licht von Lisis Zorn. Sie waren großartig! Das Beste, was er jemals gemacht hatte!

Lisi war verrückt, aber das war ja nichts Neues. Neu dagegen war, daß sie ihn nicht gezwungen hatte, in den Laden zu gehen.

23. Kapitel

Jimmy starrte und starrte und starrte noch eine Zeitlang. Vor ihm lag wieder einmal ein leeres weißes Blatt Papier. Wenn er doch bloß die letzte Seite von Charley Beemers *Kugelkopf*-Geschichte zeichnen könnte! Aber seit Lisi aus dem Keller gestürmt war, saß er da, starrte auf das Papier und das Papier starrte zurück.

Solange Jimmy zurückdenken konnte, wollte er nichts als Comics zeichnen. Das war doch nun wirklich nicht zuviel verlangt. Schließlich verletzte und beleidigte er doch keinen, wenn er Comics zeichnete.

Oder vielleicht doch? Sein Vater war wegen der großen Nase verletzt. Lisi war beleidigt, weil er Charley Beemers Ideen zeichnete und nicht ihre (als ob sie welche hätte). Aber ob sie nun welche hatte oder nicht, sie war beleidigt. Und weil ihm jetzt all die Leute durch den Kopf gingen, die er verletzt und beleidigt hatte, würde die *Kugelkopf*-Geschichte nicht bis morgen fertig werden. Und Charley Beemer würde ihn wie eine kalte Kartoffel fallen lassen. Oder hieß das heiße Kartoffel? Aber spielte die Art der Kartoffel zu so einem Zeitpunkt überhaupt eine Rolle?

Das Ganze lastete schwer auf seinen Schultern. Jimmy hatte sich nie sonderlich viele Gedanken über die Wirkungen seiner Comics auf den Leser gemacht. Wenn sie ihm gefielen, dann natürlich auch seinen Lesern, das setzte er als selbstverständlich voraus. Er mußte nur gut sein, um mehr brauchte er sich nicht zu kümmern. Und je besser er wurde, umso beliebter würde er auch werden. Es wäre ihm nie in den Sinn gekommen, daß es möglich war, immer besser und trotzdem *nicht* beliebt zu werden. Doch hier saß er mit der vermeintlich besten Arbeit seines jungen Lebens, und Lisi, seine größte Stütze, behauptete, *Kugelkopf* sei »widerlich«. Widerlich!

Vater fühlte sich verletzt, Lisi war beleidigt. Charley Beemer war anscheinend wegen der einen Seite verletzt (oder zumindest verärgert, jawohl, verärgert), die Jimmy ihm gebracht hatte. Jimmy fühlte sich verletzt, weil Lisi seine bisher beste Arbeit als »widerlich« bezeichnet hatte. Und morgen, wenn er Charley erklären mußte, daß er die letzte Seite nicht vorzeigen konnte, wäre Jimmy wieder mit dem Verletztsein an der Reihe:

Charley würde ihn nämlich wie eine kalte (oder heiße?) Kartoffel fallen lassen.

Das Ganze war wirklich kein Spaß mehr. Dabei sollte Comic-Zeichnen doch eigentlich Spaß machen. Wenn dem nicht so war, wozu dann alles? Warum sich damit abfinden, wenn es, wie bei seinem Vater, nur noch in Arbeit ausartete? Welchen Sinn hatte das Ganze, wenn der Spaß fehlte? Selbst wenn er die ganze Nacht aufblieb und er es irgendwie schaffte, all die Leute zu vergessen, die er beleidigt und verletzt hatte (sich selber eingeschlossen) und die letzte Seite fertig zeichnete, blieb doch die Frage: Warum soviel Mühe für etwas auf sich nehmen? Er wünschte, es fiele ihm ein guter Grund ein.

»Spiel mit mir.« Plötzlich lugte Susu unter seinem Zeichenbrett hervor.

Wie um alles in der Welt war sie nur so leise da hingekommen?

24. Kapitel

Der Schlaue Bär und die Lauten Monster

»Es war einmal ein schlauer kleiner Bär, der hieß ...«, begann Jimmy die Geschichte. Er war so erleichtert, daß es kaum zu beschreiben ist. Zum Glück brauchte er jetzt eine Zeitlang nicht mehr darüber nachzudenken, wie er die letzte *Kugelkopf*-Seite zeichnen sollte.

»Schlaue Ente!« rief Susu.

»Nein. Es war einmal ein schlauer kleiner Bär, der hieß ...«

»Schlaue Maus!« schrie Susu.

»Nein, nein«, sagte Jimmy. Es ging ihm schon ein bißchen besser. »Es war einmal ein kleiner schlauer Bär, der hieß ...«

Susu runzelte die Stirn und spielte wieder die Nachdenkliche.

»Schlaues Pferd?« schlug Jimmy vor.

»Nein.«

»Schlauer Hase?«

»Nein.«

Jetzt kommt es gleich! dachten beide vergnügt.

»SCHLAUER BÄR!« schrie Jimmy aus Leibeskräften.

Das Geschrei war so laut, daß es bis ganz nach oben zu Mutter in ihrem Allerheiligsten drang. Vor Schreck fuhr sie hoch und kippte einen Becher mit dunkelroter

Farbe um. Einen Augenblick lang befürchtete sie schon, Lisi sei zurückgekommen.
Unten in der Letzten Zuflucht aber dachten weder Jimmy noch Susu an Mutter oder sonst etwas. Sie interessierten sich nur für das jüngste Abenteuer vom Schlauen Bär, das Jimmy sich ausdachte, auch wenn er nicht die geringste Ahnung hatte, was er als nächstes erzählen sollte.

»Eines Tages machte der Schlaue Bär einen Spaziergang im Wald«, so fingen die Geschichten immer an. »Da fiel er plötzlich in ein tiefes Loch, das vorher noch nicht da war.«

(Der Schlaue Bär fiel immer in Löcher, die vorher noch nicht da waren.)

»Er fiel und fiel«, sagte Susu.

»Und fiel und fiel«, sagte Jimmy.

»Und fiel und fiel und fiel und fiel und fiel und fiel und fiel …« Susu übernahm diesen Teil sehr gern, und

Jimmy überließ ihn ihr auch sehr gern, weil er sich dann in Ruhe die Fortsetzung überlegen konnte.

»Und rate, wo er landete?« fragte Jimmy.

»Ich will aber nicht.«

»Los, rate.«

»Nein, ich will nicht.«

»Du mußt aber raten«, sagte Jimmy.

»Aber ich rate jedesmal falsch«, jammerte Susu.

»Wenn du nicht rätst, erzähl ich die Geschichte nicht weiter.«

Susu fand dieses Falschraten längst nicht so lustig, wie Jimmy glaubte. »In Katzenkacke«, sagte Susu verschmitzt.

»Laß das!« erwiderte Jimmy barsch.

Susu wußte, daß Jimmy nicht weitererzählte, wenn sie nicht falsch riet. Also rätselte sie: »In China!«

Jimmy grinste triumphierend. »Totaaaal falsch!« (Das sagte er auch immer.) Und jetzt fuhr er befriedigt fort: »Also gut, der Schlaue Bär landete, aber er konnte nichts sehen, so dunkel war es. Er wußte nur, daß er sich an einem Ort befand, wo er vorher noch nie war.«

»Wo? Wo?« fragte Susu.

Genau das hätte Jimmy auch gern gewußt. Er versuchte, Zeit zu schinden. »Der Schlaue Bär konnte nichts sehen. Und er konnte nichts spüren. Er wußte nur, daß er sich ganz unten in einem tiefen Loch befand und wahrscheinlich nur entkommen konnte, wenn er da hinaufkletterte, wo er hineingefallen war. Also kletterte er. Und kletterte. Und kletterte. Und kletterte.«

Susu guckte ihren großen Bruder ungläubig an. Sollte das vielleicht eine Geschichte werden, in der außer fallen und klettern nichts passierte?

Ihr nächster Blick (es war ein sehr enttäuschter) brachte Jimmy wieder in Schwung. Er glaubte, endlich einen Weg aus *seinem* Loch gefunden zu haben, jedenfalls schrie er lauthals los:

»KOMM SOFORT ZURÜCK!«

Oben kippte Mutter noch einen Becher mit Farbe um.

Jimmy kümmerte das nicht. Er erzählte unten weiter: »Und plötzlich wußte der Schlaue Bär, wo er war. Er war im Land der Lauten Monster. Dort wohnten klitzekleine Geschöpfe, die so winzig waren, daß man sie kaum sehen konnte.«

»Wie Ameisen?«

»Viel kleiner.«

»Wie Flöhe?« Über Flöhe wußte Susu bestens Bescheid, denn ihre Katze, die im vergangenen Jahr überfahren worden war, hatte welche gehabt.

»Genau. Genau«, sagte Jimmy.

»Mann, das ist wirklich ganz schön klein«, bemerkte Susu.

»Aber sie hatten die lautesten Stimmen der Welt. Sogar wenn sie flüsterten, hörte es sich so an:

›WAS FÄLLT DIR EIGENTLICH EIN?‹«

Susu kicherte. Oben zuckte Mutter mit der Hand, und ihr Pinsel zeichnete eine Linie, die eigentlich nicht aufs Papier gehörte.

Jimmy kümmerte das nicht. Er erzählte unten weiter: »Die Lauten Monster waren die kleinsten Lebewesen der Welt. Oder wenigstens beinahe die kleinsten. Wie konnten sie sich da vor den vielen größeren Tieren, einschließlich der Ameisen, schützen und verhindern, daß sie zerquetscht oder aufgefressen wurden?«

»Ameisen sind Insekten«, sagte Susu im typischen Lisi-Ton.

»Das weiß ich auch«, gab Jimmy zurück.

»Du hast aber ›Tiere‹ gesagt«, sagte Susu.

»Willst du die Geschichte nun hören oder nicht?« Da hielt Susu die Klappe. »Die Lauten Monster konnten sich nur durch lautes Sprechen schützen. Sie waren so laut, daß es keiner aushalten konnte. Ihre ganzen Feinde liefen vor ihnen davon. Die Löwen, die Tiger…«

»Löwen und Tiger haben Angst vor Krach?« fragte Susu. »Seit wann denn das?«

Jimmy warf ihr einen finsteren Blick zu. »Ich glaube, ich muß jetzt mein Bild fertig machen.«

Sofort faltete Susu die Hände und tat, als ob sie betete. »Bitte! Bitte! Ich flehe dich an! Bitte!«

Da mußte Jimmy einfach lächeln. Lisi setzte ihren Willen immer mit ihrer Tyrannei durch, Susu dagegen schaffte es, weil sie so niedlich war. »Der Schlaue Bär mußte alles tun, was die Lauten Monster ihm sagten. Er war ihr Sklave.

'KOMM HIERHER!' 'GEH DAHIN!' 'DU GEHST JETZT EINKAUFEN!' 'DU HAST WAS VERGESSEN! LOS, ZURÜCK!'

Oben überlegte Mutter, ob sie in den Keller gehen und Jimmy zur Ruhe auffordern sollte. Doch das bedeutete, daß sie ihre Arbeit unterbrechen und drei Treppen hinuntersteigen mußte. Und Mutter bewegte sich nur, wenn ihr keine andere Wahl blieb. Aber sie hatte noch die Wahl. Sie besaß ein Radio. Das schaltete sie ein, suchte einen Rock'n'Roll-Sender und drehte die Lautstärke voll auf. Die Musik übertönte Jimmy beinahe.

Unten erzählte Jimmy weiter: »Tag und Nacht wurde der Schlaue Bär angebrüllt und rumkommandiert. Er hatte schon Kopfschmerzen von der ganzen Brüllerei. Aber er konnte nicht fliehen. Jedesmal wenn er aus dem Loch herauszuklettern versuchte, brüllten die Lauten Monster derart laut

'WIE KANNST DU ES WAGEN!'

daß er doppelt so starke Kopfschmerzen bekam und wieder ins Loch zurückplumpste.

Wie sollte er bloß aus dieser Falle herauskommen?

WIE KANNST DU ES WAGEN!

Da kam ihm eine schlaue Idee. Er fing an, sich ständig die Nase zuzuhalten. Das fanden die Lauten Monster sehr komisch und fragten:

'WARUM HÄLTST DU DIR DAUERND DIE NASE ZU?'

Und der Schlaue Bär antwortete: ›Wegen dem Gestank!‹

'WELCHEM GESTANK?'

›Natürlich wegen eurem Gestank!‹ sagte der Schlaue Bär. ›Ihr riecht schlimmer als alles, was mir bisher unter die Nase gekommen ist. Wann habt ihr denn das letzte Mal gebadet?‹

Da brüllten die Lauten Monster:

'WAS IST BADEN?'

Susu mußte laut loslachen. »Die haben noch nie gebadet?!« Susu badete unheimlich gern.

»Der Schlaue Bär erklärte ihnen, was ein Bad ist, wobei er sich alles mögliche ausdenken konnte, weil sie keine Ahnung hatten. Woher sollten sie wissen, wann er log? Also sagte er: ›Man geht zwei Stunden lang in das eiskälteste Wasser und legt sich danach nackt im Freien schlafen. Aber man darf sich nicht abtrocknen und zudecken oder so. Und wenn man am nächsten Morgen aufwacht, duftet es überall nach Rosen‹.«

(Rosen waren Mutters Lieblingsblumen. Eine Vase damit stand immer auf dem Küchentisch, eine zweite befand sich in ihrem Allerheiligsten, wo Mutter im Augenblick mit einem fest um den Kopf geschlungenen Kaschmirschal saß, um den Krach der Lauten Monster und der Rock'n'Roll-Musik zu dämpfen.)

Jimmy fuhr fort: »Die Lauten Monster liebten den Duft von Rosen und dachten, es wäre doch herrlich, wenn sie auch so riechen würden (obwohl sie ihren eigenen Geruch eigentlich gar nicht so übel fanden). Aber der Schlaue Bär verzog sein Gesicht immer so furchtbar, wenn er in ihre Nähe kam, daß sie beschlossen: Na gut, was soll's! Also badeten sie. Sie tauchten in den tiefsten, kältesten See im Land der Lauten Monster und blieben ungefähr zwei Stunden drin, bis ihre winzigen Zähne klapperten. Dann legten sie sich, ohne sich abzutrocknen und ohne Decken, auf einem windigen Hügel schlafen. Und weißt du, was war, als sie am nächsten Morgen aufwachten?«

»Sie lagen im Sterben!« rief Susu aus.

»Nein, sie lagen nicht im Sterben, du Dummerchen. Aber ihre Stimme war weg, denn sie hatten Kehlkopfentzündung. Als der Schlaue Bär das Loch hinaufkletterte, um zu fliehen, öffneten sie ihre Münder und wollten ihn zurückbrüllen, aber es kam nichts heraus. Nichts außer einem schwachen Piepston wie: 'KOMM SOFORT ZURÜCK!'

So trickste der Schlaue Bär die Lauten Monster aus. Er ging wieder nach Hause in den Wald und erzählte das Abenteuer seiner Mutter und seinem Vater. Aber die glaubten ihm nicht. Ende.«

25. Kapitel

Aus einem unerfindlichen Grund fühlte sich Jimmy sehr entspannt, nachdem er Susu die Geschichte erzählt hatte. Sobald er sie los war, setzte er sich ans Zeichenbrett, und plötzlich war das leere weiße Blatt Papier nicht mehr sein Feind. Er zeichnete wie wild, konnte gar nicht mehr aufhören, eine Seite, dann noch eine – die bisher beste sogar – und kam zu einem einmaligen Schluß, der von ihm stammte. *Jimmys* Idee. Charley würde trotzdem begeistert sein, das wußte er, vor allem vom letzten Bild, das einen triumphierenden *Kugelkopf* mitten in einem Haufen abgeschnittener Körperteile zeigte! (Ich wage nicht, euch diese Zeichnungen zu zeigen. Wenn ich das tun würde, könnte dieses Buch nie erscheinen; und falls doch, wäre es nur Mördern und Schwerverbrechern im Gefängnis zuzumuten. Die hätten ihren Spaß an solchen Bildern.)

Es war seine beste Arbeit, davon war Jimmy überzeugt. Am meisten aber freute ihn, daß er letztlich nicht nur die Ideen von irgendwem nachgezeichnet hatte, selbst wenn sie von einem so tollen Kerl wie Charley Beemer waren. Er kam sich nicht mehr wie der dumme kleine Assistent von Charley Beemer vor, sondern wie ein hochkarätiger Comic-Zeichner, der *mit* Charley Beemer arbeitete. Mannschaftskameraden sozusagen. Sie warfen sich gegenseitig die Bälle zu, als wären sie Kumpel.

Jimmy war glücklich. Er war stolz. Er war erschöpft und nahm kaum wahr, daß Lisi plötzlich vor ihm stand und ihn genauso unfreundlich wie vorhin anschaute. »Seit zehn Minuten rufen wir dich zum Essen. Daddy ist ganz schön sauer. Was ist los, bist du taub?« Damit kehrte sie ihm den Rücken und war verschwunden.

Schlau wie er war, versteckte Jimmy seine *Kugelkopf*-Zeichnungen unter dem *Minimann*-Stapel unter der Schachtel mit den Küchenfliesen. Er fürchtete sich vor Spionen. Keiner sollte dieses brillante Werk vor Charley, seinem Partner, zu Gesicht bekommen.

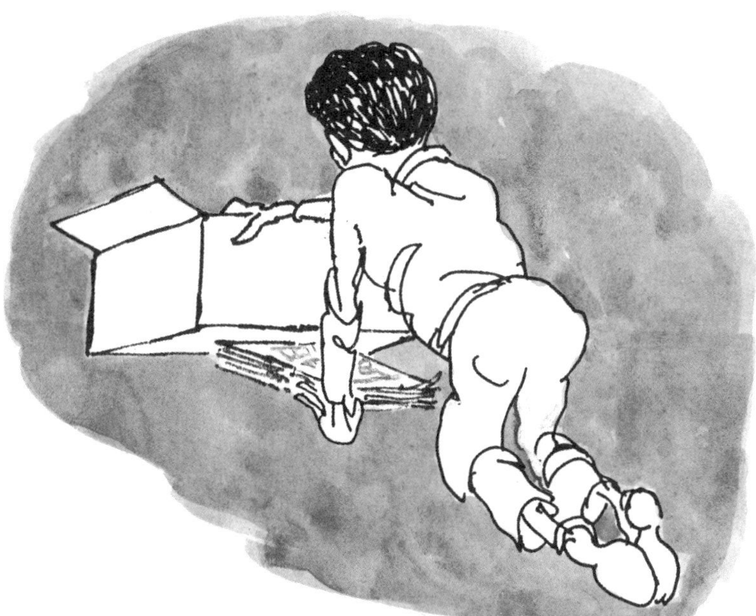

26. Kapitel

»Ich hab dir doch was völlig anderes erzählt«, sagte Charley Beemer und reichte Jimmy die *Kugelkopf*-Geschichte zurück. In der linken Hand hielt er einen Softball, den er inzwischen mindestens fünfzehnmal in die Luft geworfen und wieder aufgefangen haben mußte, während er Jimmy freundlich erklärte, daß er alles falsch gemacht hatte. Charley wirkte nicht sauer oder gar verletzt. »Ich dachte nur, du wärst besser«, sagte er und lächelte einschmeichelnd. Dann widmete er seine Aufmerksamkeit wieder dem Spielfeld.

Jimmy fand das Lächeln unwiderstehlich, obwohl er dastand und aus jeder Pore schwitzte. »Ich mach es noch mal«, sagte er.

Charley lachte. »Dann bis später.« Mit der Würde eines Superstars marschierte er davon, um sich dem laufenden Spiel anzuschließen. Er schien Jimmy gar nicht gehört zu haben.

»Ich mach es noch mal, Charley!« rief Jimmy ihm hinterher, um jedes Mißverständnis über sein großzügiges Angebot auszuräumen.

Aber Charley, mit dem Rücken zu Jimmy, winkte nur ab, und zwar so kurz, daß nicht klar war, ob es Jimmy galt oder ob es ein Zeichen für den Werfer sein sollte, ins Mittelfeld zu rücken, damit Charley seinen Platz übernehmen konnte.

Offenbar interessierte es Charley nicht, ob er die Bilder noch mal zeichnete. Charley war es egal. Charley war es egal. Charley war es egal.

Zu Hause ging Jimmy in den Keller, der ihm plötzlich nicht mehr wie seine Letzte Zuflucht vorkam. Er nahm ein Blatt Papier und wollte *Kugelkopf* diesmal richtig zeichnen. Aber nein, er ertappte sich dabei, wie er statt dessen *Minimann* zeichnete. Seit über einer Woche hatte er *Minimann* nicht mehr angerührt. Er zeichnete flink, schneller als er denken konnte, ohne zu wissen oder sich darum zu kümmern, wohin das Abenteuer ihn führte. Es überraschte ihn nicht einmal sonderlich, als er auf das vorletzte Bild einen riesigen Fuß zeichnete, der auf Minimann niedersauste. Auf dem letzten Bild lag Minimann zerquetscht am Boden.

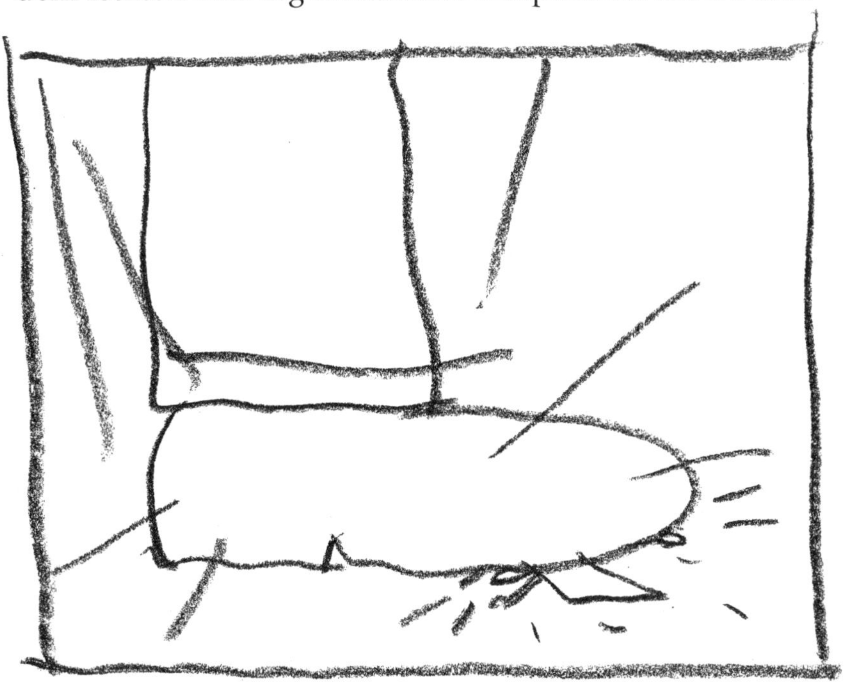

27. Kapitel

»Jimmy!«

Dieser Ruf war unverkennbar: Er kam von Lisi, aus ihrem Zimmer.

»ICH MUSS MIT DIR REDEN!«

Wer in einer Familie welche Rolle spielt, läßt sich gut daran ablesen, wer dem Ruf von wem folgt. Lisi kam nur, wenn Vater sie rief; auf Mutter reagierte sie nie und schon gar nicht auf Jimmy oder Susu. Mutter war, wie gewohnt, unberechenbar. Manchmal kam sie, wenn sie gerufen wurde, manchmal nicht; manchmal wollte sie eigentlich kommen, vergaß es aber; manchmal rief sie jemanden zu sich, und wenn der nicht kam, vergaß sie es wieder. Eigentlich war es egal, weil sie sowieso häufig den Grund für ihr Rufen vergaß.

Wenn Jimmy Mutter brauchte, ging er meistens zu ihr. Hätte er sie nämlich gerufen und sie wäre gekommen, dann hätte sie sich, nachdem das anstehende Problem geklärt war, in seinem Zimmer (oder in der Letzten Zuflucht, je nachdem) umgesehen und ihn zum Aufräumen gezwungen.

Susu kam bei jedem Rufen; manchmal kam sie sogar, wenn niemand rief, weil sie hoffte, daß dann vielleicht jemand rufen würde.

Vater wurde nie gerufen, außer zu den Mahlzeiten.

Wenn Vater rief, folgten alle sofort, bis auf Mutter, sie kam später oder gar nicht.

Jimmy dachte nicht daran, zu Lisi ins Zimmer zu gehen. Sollte sie doch zu *ihm* kommen. Andererseits war er ja gar nicht in seinem Zimmer, sondern im Bad. Also müßte er erst vom Bad in sein Zimmer gehen und zurückrufen: »Komm du doch zu mir, wenn du was von mir willst!« Aber das kam ihm albern vor. Er hatte nicht vor, vom Bad in sein Zimmer zu gehen. Er hatte überhaupt nichts vor. Seit über einer Woche hatte er nichts mehr vor. Er lief nur noch mit Jammermiene im Haus herum und erledigte, was gerade anfiel. Und da nichts anfiel, erledigte er eben nichts.

Aber auch Nichtstun war langweilig. Vor allem dann, wenn sich eine Alternative bot. Und im Moment bot sich Lisi als Alternative. Etwas Besseres fiel ihm auch nicht ein. Er konnte zwar in sein Zimmer gehen, aber er mochte sein Zimmer momentan nicht. Dort wurde er ständig an sich selbst erinnert, und sich selbst mochte er momentan auch nicht. Also ließ er Lisi erst mal eine geschlagene Minute warten, um ihr eine Lektion zu erteilen, und ging dann zu ihr ins Zimmer.

Sie saß an ihrem Schreibtisch und machte Hausaufgaben. Hab ich's doch gewußt! sagte sich Jimmy. Seine Gefühle waren nicht gerade sehr freundschaftlich. Seit ihrem letzten Streit hatten sie sich noch nicht richtig versöhnt, was sie allerdings auch selten offiziell taten. Sie vergaßen den Streit einfach und machten weiter wie immer. Meistens machten sie weiter, damit sie beide wieder ihren Spaß hatten. Doch diesmal war es anders. So anders, daß Jimmy sich nicht vorstellen konnte, was Lisi überhaupt von ihm wollte.

»Warum zeichnest du nicht mehr?«

Diese Bemerkung überraschte Jimmy. »Was meinst du damit?«

»Was glaubst du wohl, was ich damit meine?«

»Ich weiß nicht, wovon du redest.«

»Das weißt du sehr wohl.«

»Nein, weiß ich nicht.«

»Doch, weißt du wohl.«

So ging es viermal hin und her, dann waren sie für die nächste Runde reif.

»Mom sagt, du bist seit zwei Wochen nicht mehr unten im Keller gewesen.«

»Mom weiß auch nicht alles.«

»Stimmt's oder nicht?«

»Mom ist doch gar nicht immer da. Die sitzt oben unterm Dach. Woher will sie wissen, ob ich unten im Keller bin oder nicht? Ich könnte den ganzen Tag da unten verbringen, ohne daß sie es weiß.«

»Sie weiß es aber.«

»Ach ja? Wirklich? Wie soll sie es denn wissen, wenn sie oben an ihren Zeichnungen sitzt?«

So ging es dreimal hin und her, dann kam die nächste Runde.

»Also, *warst* du nun unten im Keller?«

»Warum interessiert es dich eigentlich so, ob ich im Keller war oder nicht?«

»Antworte mir!«

»Wenn ich nicht im Keller war, heißt das noch lange nicht, daß ich nicht zeichne.«

»Du zeichnest nur im Keller.«

»Das stimmt nicht.«

»Doch.«

»Na, und woher weißt du, was ich in meinem Zimmer mache?«

»Hast du jemals in deinem Zimmer gezeichnet?«

»Und was wäre, wenn? Du würdest es jedenfalls nicht wissen.«

»Doch, das wüßte ich.«

»Wenn meine Tür zu ist? Hör auf, wie denn? Aber klar, du weißt ja alles«, sagte er ziemlich sarkastisch, was bei Lisi allerdings keinerlei Wirkung zeigte.

»Ich wüßte es. Und du lügst.«

Obwohl das stimmte, war Jimmy empört. »Sag du mir nicht, daß ich lüge. Weshalb denn auch?«

»Du zeichnest nicht in deinem Zimmer, und im Keller auch nicht. Ist es wegen der Sache mit Charley Beemer?«

Jimmy merkte, wie er trotz größter Anstrengung langsam in die Grube schlitterte, die Lisi für ihn gegraben hatte. »Was? ... Ich weiß nicht ... Welche Sache mit Charley Beemer? Charley Beemer? Was? Was?«

Je aufgeregter Jimmy wurde, umso gefaßter reagierte Lisi. »Zeichnest du wegen Charley Beemer nicht mehr?«

Jimmy war knallrot. »Charley Beemer? Charley Beemer? Charley Beemer?« Es war idiotisch, ständig den Namen zu wiederholen, aber offenbar fiel ihm gerade nichts anderes ein.

»Das ist keine Antwort«, sagte Lisi, völlig Herr der Lage.

»Das geht dich gar nichts an, das ist die Antwort!«

»Du gibst es also zu!«

Jimmy wußte nicht, was er zugegeben hatte. »Was?«

»Du gibst zu, daß du nicht mehr zeichnest!«

Jimmy war sich nicht bewußt, etwas zugegeben zu haben, aber er war so durcheinander, daß er fast schon bereit war, Lisi zu glauben. »Und was ist, wenn ich nicht mehr zeichne? Was ist, wenn es mir keinen Spaß mehr macht?«

»Es ist das einzige, was dir wirklich Spaß macht!«

»Warum bist du eigentlich immer so schlau?«

»Jimmy, es ist das einzige, was dir Spaß macht!« Jetzt war Lisi knallrot.

Jimmy kochte. »Da sieht man mal, daß du keine Ahnung hast. Du meinst immer, du weißt alles. Aber weißt du, daß ich das Zeichnen hasse? Weißt du das? Nein! Weißt du, daß ich kein Comic-Zeichner mehr werden will? Nein! Oder weißt du, daß ich einfach nicht gut bin? Ich bin miserabel! Na und? Da bist du ganz einer Meinung mit Charley Beemer! Ich bin miserabel! Und ich bin froh, daß ich das gemerkt habe, bevor ich zuviel Zeit vergeudet habe. Da sind wir uns alle einig, du, Charley und ich! Klar?«

Lisi spürte einen ihrer Anfälle nahen. Sie wußte, es war der falsche Zeitpunkt, aber sie konnte sich nicht helfen. Und da sie nicht anders konnte, sprang sie von ihrem Schreibtisch auf. Der Sprung war so furchterregend, daß Jimmy einen Schritt zurückhüpfte. Aber nicht schnell genug. Noch ehe er die Tür erreichte, packte sie ihn mit einem stahlharten Griff am Handgelenk, zerrte ihn aus ihrem Zimmer, die Treppe hinunter

und dann nach unten in den Keller. Sie sah so böse aus, daß Jimmy erst gar nicht den Versuch unternahm, sich zu wehren. Sie setzte ihn auf seinen Stuhl und warf ihm das Zeichenbrett auf die Knie. Inzwischen hatten sie beide Angst vor ihr. Lisi knallte einen Stapel Papier auf das Zeichenbrett. Dann hob sie den Bleistift auf, den er vor über einer Woche auf den Boden geschleudert hatte, und hielt ihn wie einen Dolch über ihn. »Ein miserabler Comic-Zeichner bist du *nicht*. Aber du bist ein miserabler Bruder!« Der Bleistift kam ein Stück auf ihn zu. »Los, zeichne!«

Am liebsten hätte Jimmy sie umgebracht, wenn er gekonnt hätte. Aber dazu jagte sie ihm zuviel Angst ein. Und so machte er das, was er immer in Situationen machte, in denen er nicht das machen konnte, was er wollte: nichts. Er und Lisi starrten einander regungslos an, und beide taten nichts. Am Ende knurrte Lisi, die nicht so viel Übung im Nichtstun hatte wie Jimmy, wie ein Tier, wirbelte wie der Wind herum und entschwand wie eine Hexe die Treppe hoch.

Als Jimmy sah, daß seine entsetzliche Schwester fort war und sie unmöglich wissen konnte, was er trieb, schaute er auf das Papier hinunter. Er lächelte ein bißchen und zeichnete eine Linie. Dann noch eine und noch eine. Allesamt miserabel. Er zerknüllte das Papier und warf es auf den Boden. Darunter wartete schon das nächste Blatt. Jimmy starrte es sehr lange an. Er war so ins Starren vertieft, daß er beinahe das Atmen vergaß. Endlich holte er Luft, obwohl er es gar nicht wollte. Dann zeichnete er eine bessere Linie, obwohl er auch das nicht wollte.

28. Kapitel

Zweitausend Menschen waren auf den Beinen und drehten durch. Zweitausend Männer, Frauen und Kinder (von letzteren nur zwei, Jimmy und Lisi) hatten sich erhoben und klatschten. Der Applaus war noch das wenigste. Die Menge jubelte, als würde sie an einem Jubelwettbewerb teilnehmen. Jimmys Vater und Mutter standen schwankend, mit Tränen in den Augen, vorne am Balkongeländer. Sie blickten auf ein weinendes, verzücktes, überglückliches Publikum hinab. Freunde, Geldgeber, Freunde der Produzenten, Freunde von Freunden, völlig Fremde standen da und riefen »Bravo!« und klatschten sich die Hände zu Bananenmus. (Wie in einer von Jimmys Zeichnungen.) Die Premiere war vorbei. Falls Publikumsreaktionen überhaupt etwas bedeuteten, war *Robotica* ein Bombenerfolg.

Knapp eine Stunde später saß Onkel Lester weiß wie ein leeres Blatt Papier bei der Premierenfeier. Er rannte nicht nervös herum, wie es sonst seine Gewohnheit war, wenn er sich unter vielen Menschen bewegte. Er hockte stumm und nervös da. Auf der einen Seite neben ihm saß der Regisseur des Stücks und redete mit dem Rücken zu Lester ununterbrochen auf einen der Stars ein. Auf der anderen Seite saß, ebenfalls von ihm abgewandt, einer der Produzenten und unterhielt sich mit einem zweiten Produzenten. Insgesamt gab es fünf Produzenten, die sich abwechselnd neben Onkel Lester setzten, ununterbrochen auf ihn einredeten, und breit grinsend auf ihren Stühlen hin und her rutschten. Alle bis auf Onkel Lester spielten glücklich.

Und genau diesen Eindruck hatte Jimmy: Alle spielten. Wie in einem Stück und nicht wie im richtigen Leben. Er saß mit Lisi und seinen Eltern (Susu war noch zu klein für Premierenfeiern) auf der anderen Seite des Tisches. Ihm kam es vor, als wäre er von einem Stück ins nächste geraten. Das erste hatte auf der Bühne stattgefunden, das zweite spielte sich hier bei der Premierenfeier ab. Und so schön Onkel Lesters Stück auch war, dieses zweite war noch interessanter. Und viel unheimlicher! Das Gelächter war jetzt richtig aufgeladen. Der Lärm war noch ohrenbetäubender. Die

Stimmen waren laut, die Gesten übertrieben, das Lachen explosiv.

In diesem zweiten Stück konnte in jeder Ecke des Restaurants etwas passieren, Jimmy hätte darauf nicht gefaßt sein können. Eigentlich fand er das Ganze eher unheimlich als lustig, aber auf eine prickelnde, angenehme Art. Es war auf eine Art unheimlich, daß Jimmy es sein Leben lang nicht vergessen und immer wieder erzählen würde: die Bombenerfolgsparty bei Onkel Lesters Premiere.

Obwohl *Robotica* offiziell noch kein Erfolg war. Zuerst mußten die Kritiker ihre Besprechungen abliefern. »Was ist ein Kritiker?« fragte Jimmy Onkel Lester, der inzwischen so bleich und durchsichtig wirkte, daß er glatt als Geist hätte durchgehen können. Doch Onkel Lester redete mit niemandem, und so blieb Jimmys Frage unbeantwortet – das heißt, bis ein Produzent sich seiner erbarmte. »Kritiker sind Leute, die für Zeitungen, Zeitschriften, fürs Fernsehen und Radio schreiben. Sie sind unbekannt – ich kenne sie nicht, keiner kennt sie, und es will sie auch keiner kennen. Aber in diesem Augenblick entscheiden sie über das Schicksal des Stücks von deinem Onkel.« Diese Information stammte von dem Produzenten, der Herb hieß und so entsetzlich mit den Augen zuckte, daß Jimmy sich fragte, ob es nicht bloß ein Trick war, um ihn zu unterhalten.

Dann mischte sich ein zweiter Produzent ein. Er hieß Ira und hatte bis aufs Fleisch abgekaute Fingernägel. »An Premierenabenden«, meinte er, »treffen sich die Kritiker an einem heimlichen Ort im Hafenviertel.

Dort steigen sie in einen langen fensterlosen Transporter, das sogenannte Kritikermobil. Alle sind schwarz gekleidet und tragen Masken. Du fragst dich jetzt vielleicht, wozu?« Doch Ira irrte sich, das wollte Jimmy gar nicht wissen. Jimmy hätte am liebsten gefragt: »Warum hören Sie nicht endlich mit dem Fingernägelkauen auf?«

»Ein Kritiker muß nicht unbedingt recht haben – wer hat schon immer recht? –, aber gerecht muß er sein.« Ira schob einen Daumen in den Mund und nagte an einem Nagelrest. »Man kann aber nicht gerecht sein, wenn man beeinflußbar ist. Und deshalb tragen die Kritiker Masken im Theater. Damit warnen sie das Publikum vor jedem Versuch der Beeinflussung.«

»Warum muß ein Kritiker denn unbedingt gerecht sein, fragst du jetzt womöglich?« Dies kam von Mona, einer Produzentin, die eine glänzende rote Nase hatte, auf der sie mit dem Zeigefinger langsam hin und her rubbelte. Aber auch Mona irrte sich. Wenn Jimmy sich getraut hätte, dann hätte er nämlich gefragt: »Warum rubbeln Sie dauernd Ihre Nase? Davon wird sie doch immer röter!«

»Ein Kritiker muß gerecht sein«, erklärte Mona, wobei sie schnell redete und langsam rubbelte, »denn egal, was die Zuschauer vor der Premiere von einem Stück behaupten, hinterher plappern sie nur noch das nach, was die Kritiker sagen. Wenn die Kritiker sagen: ›Dieses Stück ist zum Totlachen‹, dann lacht sich das Publikum kaputt. Wenn sie sagen: ›Dies ist seit Shakespeare das beste englischsprachige Stück‹, dann gehen die Zuschauer aus dem Theater und sagen: ›Vielleicht

täusche ich mich, aber wenn du mich fragst, ist dies seit Shakespeare das beste englischsprachige Stück.‹« Plötzlich hörte Mona mit dem Nasenrubbeln auf. »Du weißt doch, wer Shakespeare ist, oder?«

Jimmy nickte. »Der ist so großartig wie Picasso.«

Der vierte Produzent, Fred, nahm jetzt den Faden auf. »Gefällt aber das Stück allen Kritikern mit Ausname von einem, nämlich dem, der für die wichtigste Zeitung in New York arbeitet ...« Ein Muskel zuckte in Freds Backe.

»Vernon«, sagten die vier anderen Produzenten im Chor. Der Name hallte wie ein Akkord auf der elektrischen Gitarre wider.

»Dann gute Nacht, liebes Stück.« Der Muskel in Freds Backe hüpfte wie ein Frosch.

»Und die Leute, die das Stück schon gesehen haben

und es gut fanden, schämen sich dann plötzlich dafür«, schloß Mabel, die fünfte Produzentin, deren breites Grinsen in krassem Gegensatz zu allem stand, was sie sagte. »Wenn sie nachts in ihren vier Wänden im Bett liegen, flüstern sie vielleicht noch heimlich ›so schlecht war es wirklich nicht‹. Aber in der Öffentlichkeit kein Wort davon.«

»Warum, fragst du dich jetzt vielleicht?« fuhr Mona dazwischen. Doch an diese Frage dachte Jimmy nicht im entferntesten. »Weil sie viel zu viel Angst haben, sich zu blamieren«, antworteten Mabel und Mona wie aus einem Mund.

Wenn Jimmy die richtigen Worte eingefallen wären, hätte er gefragt: »Ist das wieder mal so ein typisches Erwachsenending, das ich erst verstehe, wenn ich so alt bin wie ihr?« Er konnte einfach nicht glauben, daß er die Produzenten richtig verstanden hatte. Aber wenn doch, dann würde ein Mann mit dem Namen Vernon in einer Stunde (oder so) darüber entscheiden, ob Onkel Lesters Stück ein Erfolg oder ein Reinfall wurde.

Und Onkel Lester machte in der Zwischenzeit das, was er schon den ganzen Abend gemacht hatte, nämlich nichts. Er starrte über die Köpfe hinweg nach oben, so als könne er wie ein Superheld mit Röntgenblick durch die Decke in den Himmel sehen. Jimmy guckte auch nach oben, denn er dachte, Onkel Lester würde sich freuen, wenn er ihm beim Hochschauen ein bißchen Gesellschaft leistete. Doch da oben war nur eine leere, langweilige Decke – sie war längst nicht so interessant wie die im Theater, die Jimmy das halbe Stück lang angestarrt hatte.

Natürlich hatte *Robotica* ihm gefallen. *Robotica* war sogar hervorragend! Was spielte es da für eine Rolle, daß er im zweiten Akt eingeschlafen war? Schließlich war er noch ein Kind, das längst ins Bett gehört hätte. Außerdem hatte er das Stück schon in Onkel Lesters Loft gesehen, wo es ihm, um ganz ehrlich zu sein, besser gefallen hatte, weil es dort direkt vor seiner Nase aufgeführt wurde und nicht auf einer Bühne, die so weit weg von seinem Balkonplatz lag, daß die Schauspieler wie Puppen aussahen.

Darum hatte er im zweiten Akt (als er noch wach war) hauptsächlich die Decke des Theaters studiert, die seinem Platz viel näher war als die Bühne. In dem dunklen Theater wirkte sie richtig lebendig! Die gebrochenen Lichter und Schatten von der Bühne flitzten und flackerten wie Sprinter über die vergoldete Oberfläche. Jimmy stellte sich dort oben ein anderes Stück zu Onkel Lesters Musik vor. Superfiguren sprangen und fielen hin, erhoben sich wieder und kämpften, stürzten und sprangen, standen wieder auf

und rannten unaufhörlich um die vergoldete, dunkle, gewölbte Decke herum. Diese Schattenschar führte schwindelerregende Kunststücke vor, alle im Einklang mit Onkel Lesters wunderbarer Musik.

Und nun saß er bei der Premierenfeier und fühlte sich dem Geschehen weit entfernt, so als ob er einer jener Superschatten wäre und die Party von der Decke aus beobachten würde.

Als Superschatten blickte er von hoch oben auf den reglosen und stummen Onkel Lester hinab. Um ihn

herum schwirrten die lärmenden Gäste, erhoben ihre Gläser, klopften sich auf den Rücken, küßten, umarmten und bewegten sich so schnell, daß Jimmy von dem ganzen Wirbel richtig schwindlig wurde. Die Menschen verschwammen, die Menge wurde zum nebligen Fleck, in dem auch Vater, Mutter und Lisi verschwanden. Und in der Mittel dieses Flecks saß Onkel Lester, der als einziger scharf zu erkennen war. Aber halt! Das war gar nicht Onkel Lester, sondern ein Roboter. So jedenfalls sah es der Superschatten oben an der Decke in dem Moment, als Jimmy die Augen schloß und einschlief.

29. Kapitel

Als Jimmy aufwachte, war das Restaurant leer. Nur Vater, Mutter, Lisi und Onkel Lester hatten sich nicht vom Platz gerührt. Da Jimmy noch im Halbschlaf war, begriff er nicht, was Vater im Flüsterton sagte. Mutter und Lisi versuchten erst gar nicht zu reden, denn sie weinten. Die Szene wirkte gespenstisch, so als ob ein geliebter Mensch inmitten der dreckigen Teller und schmutzigen Tischtücher gestorben wäre. Jimmy verstand nur Bruchstücke von dem, was Vater sagte: »Das ist doch nur die Meinung von einem Mann«, »Soll *der* mal ein Stück schreiben«, »Es hat doch allen gefallen.«

Onkel Lester war, wenn überhaupt irgend etwas, noch ruhiger als zuvor. Sein eigenartig leerer Blick gab seinem Gesicht den Anschein, als ob es sich von außen nach innen gestülpt hätte und sich versteckte.

Von der Heimfahrt blieb Jimmy nur in Erinnerung, daß alle schwiegen. Es war, als würden sie ewig durch einen unbeleuchteten Tunnel fahren. Er konnte sich auch nicht entsinnen, wie er ins Bett gekommen und eingeschlafen war. Er wußte nur noch, daß er das Haus wie eine ungewohnte, fremde und leere Schachtel empfunden hatte. Und er erinnerte sich an seinen letzten Gedanken, denn das war auch sein erster, als er am nächsten Tag aufwachte: Hoffentlich wird es nie morgen.

Doch jetzt *war* morgen. Und Jimmy *war* aufgestanden, während noch alle schliefen. Und er *war* zum ersten Mal seit Wochen wieder unten in der Letzten Zuflucht. Und dort zeichnete er wie besessen, er zeichnete, als würde er nicht mehr aufhören. Er hatte eine neue Superfigur! Er mußte sie geträumt haben, denn warum sonst wäre er mit soviel Schwung aufgewacht und aus dem Bett gesprungen, ohne zu wissen, warum? Warum hätte er sonst zu zeichnen angefangen, ohne zu wissen, was? Und das zeichnete er:

DER DECKENMANN
VOM HÖCHSTEN BERG IM ALTEN TIBET SCHAUT DER MANN AN DER DECKE AUF ALLE VERBRECHEN UND ÜBEL HINAB, WO IMMER SIE AUCH LAUERN
ALS BESITZER ÜBER NATÜRLICHER KRÄFTE UND FREUND DER UNTER DRÜCKTEN KÄMPFT ER GEGEN KRIMINALITÄT UND KORRUPTION IN DER WELT!
erzählt und illustriert von

DR. ALLEN ROGERS, EIN BERÜHMTER ARZT FÄHRT VOM KRANKENHAUS NACH HAUSE!
ICH KANN'S KAUM ERWARTEN, DIE KINDER ZU SEHEN!
PLÖTZLICH ... JEMAND LIEGT AUF DER STRASSE
GUT, DASS ICH ARZT BIN.
SIND SIE VERLETZT?
PACK IHN!
AH!
ICH HAB DAS GELD. IST ER TOT?
NEIN, ABER GLEICH. SCHAFF IHN WIEDER INS AUTO!
SCHMEISS DEN MOTOR AN!

ÜBER DIE KLIPPE...
UND TSCHÜSS!
DOCH PLÖTZLICH...
HUCH!
ER KOMMT WIEDER!
ER VERFOLGT UNS
HILFE!
UAAAAAAH
NACHDEM DIE GANOVEN ERLEDIGT SIND, HEBT DAS AUTO AB.
O MEIN KOPF! HE, ICH FLIEGE JA!
ICH SOLLTE DEN TRIP GENIESSEN

SIEHT AUS WIE TIBET!
EIN PALAST AUF DEM GIPFEL DES FUJIYAMA!
IST DA JEMAND?
JEMAND
JEMAND
BESSER ALS JEDES HOTEL WO ICH BISHER WAR! UND DAS SCHLAFZIMMER!
EIN ECHO!
JEMAND
AM NÄCHSTEN TAG...
WOW. WELCH EIN FRÜHSTÜCK! VIELEN DANK, WEM AUCH IMMER.
AUF ZUM HÖCHSTEN TURM! 10.000 STUFEN!
DR ALLEN ROGERS!
EINE ÜBERNATÜRLICHE STIMME RUFT MICH NACH OBEN. ABER WOHIN?
PUH! GUT, DASS ICH MARATHON-LÄUFER BIN!

ENDLICH! ER ERREICHT DAS HIMMELSGEWÖLBE!
DR. ALLEN ROGERS. ICH BIN DER DECKENMANN ICH HABE SIE GERUFEN!
WAAS? DA IST EIN MANN AN DER DECKE!
VON HIER OBEN SEHE ICH ALLES ÜBEL IN DER WELT DANN SCHICKE ICH HIMMELSWELLEN ZU MEINEN AGENTEN, DAMIT SIE DIE KORRUPTION BEKÄMPFEN. DENN MICH SELBST HAT DAS SCHICKSAL HIERHER VERBANNT!
WARUM HABEN SIE MICH GERUFEN, DECKENMANN?
ICH BIN KRANK! WENN SIE MIR NICHT HELFEN, STERBE ICH BALD!
MIT HILFE SEINER KRÄFTE HOLT DER DECKENMANN DR. ALLEN NACH OBEN.
DIESE KRANKHEIT KENNE ICH LEIDER NICHT!

DANN STERBE ICH UND SIE MÜSSEN MEINEN PLATZ EINNEHMEN!
WAAS?
SIE WÄREN TOT, WENN ICH IHNEN NICHT DAS LEBEN GERETTET HÄTTE SIE SCHULDEN MIR UND DER MENSCHHEIT DIESEN GEFALLEN!
STIMMT! DANN LEHRE MICH, GROSSER MEISTER!
BEVOR ER STIRBT, WEIHT DER MANN AN DER DECKE DR. ALLEN ROGERS IN SEINE GEHEIMNISVOLLEN, ÜBERNATÜRLICHEN METHODEN DER VERBRECHENSBEKÄMPFUNG UND RACHEVERGELTUNG EIN!
ER IST TOT!
JETZT LEBE ICH HIER OBEN UND KÄMPFE GEGEN DIE UNGERECHTIGKEIT DER WELT!
AB HEUTE IST MEIN LEBEN ANDERS!
WER VERMISST MICH SCHON?

30. Kapitel

Mutter war völlig fertig. Vater war zwar stark, aber auch völlig fertig. Onkel Lester sollte zum Essen kommen. »Wir müssen alle optimistisch sein«, sagte Vater. Mutter schluchzte. Lisi musterte Mutter scharf. Von einem Elternteil, so fand sie, durfte man wohl zu Recht eine positivere Haltung erwarten. Ihrer Meinung nach hätte Onkel Lester sämtliche Kritiker erschießen sollen. Und diese Meinung hatte sie auch des öfteren laut zum Ausdruck gebracht, seit *Robotica* nach nur fünf Aufführungen am Broadway abgesetzt worden war.

Die Kritiken waren nicht berauschend gewesen, aber auch nicht schlecht. Nur die in der wichtigsten New Yorker Zeitung war so vernichtend, daß allein der Gedanke daran bei Mutter dazu führte, daß sie sofort ins Bett ging, und bei Lisi, daß sie das Haus zusammenbrüllte (und du kannst dir sicher vorstellen, wie das bei allen auf die Stimmung drückte). Jimmy versteckte sich seit dem Erscheinen dieser Kritik sooft wie möglich in der Letzten Zuflucht. Das Bild von Onkel Lester bei der Premierenfeier ging ihm einfach nicht aus dem Kopf: Lester, wie er an die Decke starrte, als wollte er am liebsten hindurchfliegen. Natürlich wußte Jimmy nicht, was Onkel Lester wirklich gedacht hatte. Das wußte niemand. Das konnte auch niemand wissen. Lester war nämlich verschwunden.

Am Tag nach der Premiere war er untergetaucht. Wohin wußte keiner. »Auf die Jungferninseln«, sagte Vater. »Nach Paris«, sagte Mutter. Jimmy tippte auf Tibet, was er natürlich keinem sagte, er hütete Onkel Lesters Geheimnis.

Drei Wochen lang war das einzige Zeichen für Lesters Existenz die Stimme auf seinem Anrufbeantworter. »Ich bin nicht zu Hause«, sagte sie. »Tut mir leid, Sie ahnen gar nicht, wie leid es mir tut. Ich entschuldige mich aufrichtig. Ich entschuldige mich bei jedem einzelnen. Es tut mir so leid. So überaus leid.« Und dann kamen bis zum Piepton noch fünfundzwanzig »Tut-mir-leid's«.

Mutter und Vater telefonierten täglich mit dem Anrufbeantworter. Sie hinterließen fröhliche, aufmunternde Nachrichten, die bei Vater sehr steif klangen (er las sie vom Blatt ab) und bei Mutter noch schlimmer.

Denn natürlich verfehlt jede aufmunternde Nachricht ihren Zweck, wenn sie schluchzend überbracht wird.

Nach der verhängnisvollen Premiere versammelte Vater die Familie um sich und gab folgende Erklärung ab: »Das muß uns allen eine Lehre sein. Man weiß eben nie. Man denkt immer, man weiß alles. Und manchmal weiß man es ja auch *wirklich*. Aber in vielen Fällen – und dieser hier gehört dazu – weiß man eben nicht, was man zu wissen meint. Denn das Leben ist ein einziges Auf und Ab.« Und dann erzählte Vater von seinen eigenen Auf und Ab's. Es waren viel mehr, als seine Kinder geahnt hatten. Als er seine Rede beendet hatte, war Jimmy völlig verblüfft, wie oft sein Vater Beförderungen erwartet und nicht bekommen hatte, wie oft er Gehaltserhöhungen erwartet hatte und abgewiesen wurde, wie oft er bessere Aufträge erwartet hatte und mitansehen mußte, wie sie an einen weniger verdienstvollen Mitarbeiter gingen.

Vaters Rede munterte keinen auf, ihn selber auch nicht. Jimmy, der bisher geglaubt hatte, die Welt sei nur ein gefährlicher Ort für Jungen, die nicht Baseball spielen können, fand Vaters Rede sogar höchst entmutigend. Mutter war auch nicht besser. Sie rief zwar nicht alle zusammen (das war nicht ihr Stil), suchte aber jeden in seinem oder ihrem Zimmer auf, paßte sich dem jeweiligen Alter an und sagte mehr oder minder folgendes: »Wir dürfen vor allem nicht vergessen, daß wir uns haben. Und Onkel Lester. Und er hat uns. Darauf sind wir stolz. Mehr dürfen wir nicht verlangen. Weil wir nie genau das bekommen, was wir vom Leben erwarten – wer bekommt das schon?

Nicht einmal Picasso. Doch im Gegensatz zu Picasso sind wir zusammen. Und aus unserem Zusammensein können wir lernen, daß persönliche Enttäuschungen gar nicht so weh tun. Was nützt es, der berühmteste und erfolgreichste Mensch auf Erden zu sein, wenn man nicht gesund ist und keine Familie hat, mit der man sich darüber freuen kann? Oder wenn man kein Dach über dem Kopf hat … Also vergessen wir unsere Sorgen.«

Todunglücklich wie sie dabei aussah, glaubte ihr allerdings keiner ein Wort von dem, was sie sagte.

Onkel Lester kam eine Stunde zu spät und nicht allein. Er stieg aus seinem Leihwagen und öffnete die hintere Tür.

Heraus sprang ein sieben Monate alter, aber schon riesiger Hirtenhund. »Nein, Vernon!« rief Onkel Lester, als der riesige junge Hund die Einfahrt hochsprang und Susu der Länge nach umwarf. Susu schrie in panischer Angst. Onkel Lester sprang genauso schlaksig wie der junge Hund zu ihr und schimpfte: »Böser Vernon! Böser Vernon!« und zerrte den Hund von Susu weg. Ihr Gesicht und ihre Bluse waren von der blitzschnellen Zunge klitschnaß. Als nächstes stürmte der große Hund an der flachgelegten Susu vorbei ins Haus. Krach! machte der Tisch im Flur, und sechs Familienfotos flogen herunter. Klirr! machte Mutters

Lieblingsvase. Sabbel! Sabbel! machte Vernon in der Küche und verschlang die Vorspeise (Artischokkenherzen). Er war nicht aufzuhalten, und bei Onkel Lester durfte man sich ja nicht beschweren. Schließlich konnten Mutter oder Vater einen geliebten Menschen, der gerade so eine Katastrophe hinter sich hatte, wohl schlecht sagen: »Tut mir leid, aber dein Hund darf nicht ins Haus.«

Vernon war überall gleichzeitig, und wo er sich niederließ, nagte und sabbelte er. Tische und Stühle flogen um; Geschirr, Gläser und Silber wurden vom Tisch geschleudert; zweimal mußte neu gedeckt werden. »Kein

Problem«, wimmerte Mutter. »Böser Vernon!« bellte Onkel Lester, klang aber weder verärgert noch sah er so aus. Sein gespenstisch weißes Gesicht war ausdruckslos. Seine Stimme klang monoton (sofern er überhaupt redete). Außer »Sitz, Vernon!« und »Böser Vernon!« sagte er fast den ganzen Abend nichts.

Als die Familie sich endlich zum Essen hinsetzte, hatte sich die Stimmung, die doch eigentlich eine »Laßt-uns-Onkel-Lester-aufmuntern«-Stimmung hätte sein sollen, in eine »Dieser-Hund-zerstört-unser-ganzes-Haus-aber-erwähnt-es-bloß-nicht«-Stimmung verwandelt.

All die von Mitleid erfüllten Wochen für Onkel Lester endeten binnen einer halben Stunde nach Vernons Erscheinen. Was hatte sich Onkel Lester bloß dabei gedacht, so einen riesigen, undressierten und nicht zu bändigenden Hund in ein so kleines Haus mitzubringen? Mutter wirkte nicht mehr todunglücklich, sondern sauer-aber-bloß-nicht-zeigen. Abgesehen von seinen übrigen Sünden war Vernon in ihr Allerheiligstes getappt und hatte ihre wertvollen Pinsel zerkaut. Beim Servieren des Essens fiel Mutter in ihr gewohntes Große-Schwester-Gehabe zurück und mäkelte an Onkel Lesters Eßmanieren herum. Vater gab seine Aufmunterungsversuche auf und bemühte sich lediglich noch, zweideutige Witze über Lesters Theaterkarriere zu vermeiden. Jetzt war Schluß mit dem Katzbuckeln vor Lester, dem Superstar.

Trotz der ungemütlichen Stimmung am Tisch konnten sie in Ruhe essen, denn Susu war früh ins Bett geflüchtet und diente nun als Lockvogel hinter ihrer verschlossenen Schlafzimmertür. Vernon war oben, kratzte mit der Pfote an ihrer Tür, warf sich mit dem Körper dagegen und wollte hinein. Sein Bellen war so laut, daß man es sicher noch ein paar Straßen weiter hörte.

»Wo hast du ihn denn her?« fragte Vater. Man verstand ihn kaum durch das Gebell hindurch. Das Tischgespräch drehte sich nur um den Hund. Niemand fragte: »Was hast du denn jetzt vor, Lester?« oder »Wo hast du eigentlich gesteckt?« oder etwa »Was hast du aus deiner letzten und schlimmsten Pleite gelernt, Lester?« Das wollte keiner wissen. Das interessierte sie wahrscheinlich erst wieder, wenn Onkel Lester seinen entsetzlichen Hund aus dem Haus geschafft hatte.

»Wie bist du eigentlich auf den Namen ›Vernon‹ gekommen?« fragte Vater.

Jimmy schaute schnell weg –.genau in Mutters giftigen Blick, der ihm bis in die Socken fuhr. Sie schickte ihm eine Botschaft. Und die lautete: »Untersteh dich, es auszusprechen.« Aber die Botschaft hätte sie mal lieber Lisi schicken sollen.

Lisi platzte nämlich heraus: »So heißt doch der blöde Kritiker, der …« Weiter kam sie allerdings nicht, denn Onkel Lester sprang vom Stuhl auf, rannte zur Tür und rief nach oben: »Böser Vernon! Komm runter, Vernon!«

Als der Kaffee serviert wurde, war Vernon vor Susus Tür erschöpft eingeschlafen. Sein Schnarchen hallte durchs ganze Haus. Nun wurden Onkel Lester doch einige Fragen zu seiner Karriere gestellt, die er auch beantwortete. Kleckerweise ließ er durchklingen, daß er sich im Laufe des Monats nach London aufmachen und an einer *Robotica*-Inszenierung am berühmten National Theatre mitarbeiten würde. Das war eigentlich eine wunderbare Neuigkeit, nur klang es bei Onkel Lester nicht so. Er sprach so leise, so einschläfernd monoton, daß er ebensogut hätte sagen können: »Den Müll bring ich diesen Monat auch noch raus.« Und er hatte sogar noch mehr gute Nachrichten auf Lager, obwohl sein Verhalten das Gegenteil ausdrückte. Nach seiner Rückkehr aus England sollte er nach Hollywood und die Filmmusik für *Rapunzel*, dem neuen Zeichentrickfilm von Walt Disney, komponieren. Jimmy fand das viel aufregender als ein erfolgreiches Broadway-Musical. Aus Onkel Lesters Darstellung ließ sich das allerdings nicht schließen. Über seinen Hund redete er viel lebhafter als über Walt Disney.

31. Kapitel

Nachdem Onkel Lester seinen Hirtenhund auf den Rücksitz des Leihwagens bugsiert hatte, ging er noch einmal ins Haus zurück, um auf Wiedersehen zu sagen. Er verabschiedete sich genauso leblos und leise, wie er sie am Anfang begrüßt hatte. Mutter und Vater, die den Abend nur noch beenden wollten, bestritten wie bisher fast das ganze Gespräch. Aber sie redeten nur Unsinn. Es war nichts als »Plapper, plapper, plapper, plapper«, worauf Onkel Lester mit »Murmel, murmel« antwortete, woraufhin sie noch lauter und drängender plapperten. Ihr ganzes Geplapper zu dieser späten Abendstunde lief nur auf eines hinaus: »Geh sofort nach Hause, Lester. Sonst fangen wir an zu schreien!«

Jimmy, der den ganzen Abend so gut wie nichts gesagt hatte, hatte aber noch einen Plan. Zweieinhalb Wochen hatte er daran gearbeitet, war jeden Nachmittag in die Schulbibliothek gegangen, hatte in bestimmten Büchern nachgeschlagen und kopiert. Ihm war etwas bange bei seinem Vorhaben, und er war sicher, es würde schiefgehen, aber er war auch genauso sicher, daß er es wenigstens probieren mußte.

Aber nun war der Abend gelaufen, und Jimmy hatte noch nicht einmal angefangen, seinen Plan umzusetzen. Irgendwie hatten ihn die Ereignisse des

Abends (oder besser die Nicht-Ereignisse) daran gehindert: die Unruhe von Mutter und Vater, Onkel Lesters gespenstische Art, Vernons Größe. Doch dann, im letzten Moment, als Onkel Lester schon aus der Tür und fast am Auto war, drehte er sich um und sprach Jimmy zum erstenmal direkt an. »Zeichnest du immer noch?« fragte er mit seiner neuen leblosen Stimme. Jimmy hätte schwören können, daß er nur aus Höflichkeit fragte. Denn alle – Mutter, Vater, Lisi, Susu, ganz sicher aber Vernon und Onkel Lester – alle wollten diesen Abend nur noch beenden. »Ich möchte dir unten im Keller noch was ganz Besonderes zeigen«, sagte Jimmy mit wachsender Angst und Erwartung. Vater stöhnte. Mutter schluchzte. Lisi knurrte. Vernon bellte. Und Onkel Lester schwieg.

Dreißig Sekunden später hatte Jimmy ihn unten in seiner Letzten Zuflucht, auch wenn Onkel Lester ganz offensichtlich nicht dort sein wollte. Aber das machte nichts, denn ganz offensichtlich wollte er ja auch nirgendwo sonst sein.

»Das ist mein neuer Superheld. Die Idee dazu hatte ich bei deiner Premiere, deshalb schenke ich ihn dir.« Jimmy überreichte Onkel Lester seinen neuen Comic.

Doch Onkel Lester schien überhaupt nicht interessiert zu sein. »Danke. Ich lese ihn, wenn ich zu Hause bin«, sagte er mit seiner neuen leblosen Stimme. Von draußen konnte man Vernon bellen hören.

Jimmy holte tief Luft. Er konnte selbst nicht glauben, was er dann sagte: »Du mußt es aber jetzt lesen.«

Onkel Lester schien diese Bemerkung ganz normal zu finden. Er nickte nur kurz, starrte dann ziemlich lange ins Leere und begann, da ihm nichts anderes übrig blieb, Jimmys neuen Comic zu lesen.

DER DECKENMANN
ICH GLAUBE, MEIN ALTER FREUND BRAD DUNN IST IN SCHWIERIGKEITEN!
KAUM JEMAND KENNT DEN MANN AN DER DECKE IM ALTEN TIBET. ER SIEHT JEDES VERBRECHEN, KÄMPFT GEGEN KORRUPTION UND ALLE ÜBELTÄTER DIESER WELT!
DER BERÜHMTE FILMSTAR BRAD DUNN IST AUCH EIN GROSSER BASEBALLSPIELER
WOW! WIEDER EIN VOLLTREFFER!
HURRA BRAD!
WUMM
VON DER TRIBÜNE VERFOLGEN BRAD NEIDISCHE BLICKE!
WARUM SOLL DER BESSER SEIN ALS ICH?
Produziert, geschrieben und illustriert ganz alleine von Jimmy Jibbett

DER BOMBER! FRÜHER EIN GROSSER BASEBALLSTAR HEUTE VÖLLIG VERGESSEN ...
EINER NACH DEM ANDERN STIRBT!
BUMM
WARUM SOLLEN SIE STARS SEIN UND ICH NICHT?
ICH RÄCHE MICH AN JEDEM, DER BESSER IST!
DER BOMBER IST DER GROSSE BÖSE, DER AUS DEM HINTERHALT MORDET!
SCHON WIEDER EIN RÄTSELHAFTER MORD AN EINEM GROSSEN SPORTLER!
BRAD, MORGEN IST UNSER SPIEL DES JAHRES!
MEIN SCHLÄGER IST SCHON HEISS!
VOLLTREFFER!
HEISSER ALS DU DENKST BRAD DUNN HA! HA!
AM NÄCHSTEN TAG! DA KOMMT DER BALL!
TICK
TICK
TICK
MIT GEWALTIGEM SCHWUNG!
EIN GEWALTIGER SCHLAG!
BUMM

IST ER TOT?
NEIN - ABER ZIEMLICH HINÜBER!
EIN TRIUMPH DES BOMBERS! HA!
DER DECKENMANN BEOBACHTET ALLES!
MIT MEINER SPEZIALOPERATION 64X KANN ICH BRAD RETTEN! ABER ICH KANN HIER NICHT WEG! JEDE MINUTE ZÄHLT! ZUM GLÜCK IST MEIN AGENT DOC JONES BEIM SPIEL!
MIT DEN MAGISCHEN HIMMELSWELLEN VOM DECKENMANN FÜHRT DOC JONES EINE WUNDEROPERATION DURCH!
GANZ RUHIG! DAS IST WIE EIN PUZZLE!
DAFÜR BRING ICH DICH UM, DOC JONES!
EINEN MONAT SPÄTER...
HEUTE ABEND GEHT ES UM DIE MEISTERSCHAFT UND ICH KANN NIE WIEDER LAUFEN!
DU MUSST ES VERSUCHEN, BRAD!

ICH HAB'S VERGEBLICH VERSUCHT!
DANN VERSUCHS NOCHMAL!
JEDES SCHEITERN IST EIN STÜCK KÜNFTIGEN ERFOLGES!
DER BOMBER LAUERT!
DEIN GEREDE IST SINNLOS! SIEHST DU?
WAA...?
STIRB DOC JONES!
BEVOR MAN LÄUFT MUSS MAN ERST MAL GEHEN KÖNNEN!
ICH MUSS DEN DOC RETTEN!
DU HAST'S GESCHAFFT, BRAD!
JETZT LAUF ZUM SPIEL! HOL EINEN HOME RUN FÜR MICH!
UND FÜR DEN MANN AN DER DECKE!

32. Kapitel

»Ich danke dir«, sagte Onkel Lester mit seiner schrecklichen neuen Stimme. »Es gefällt mir wirklich ausgesprochen gut, auch wenn es nicht so klingt. Aber so ist es nun mal. Es freut mich sehr, daß du mich aufmuntern willst. Aber spar dir die Mühe.

Weißt du, wenn du dich immer nur bemühst und bemühst und bemühst, gibst du's irgendwann mal auf. Irgendwann kannst du dich dann nicht mehr bemühen, weil es einfach zu weh tut. Also machst du Dinge, die nicht schlecht sind, die dir aber auch nichts bedeuten. Wenn du damit scheiterst, ist es nicht weiter schlimm. Und wenn du damit Erfolg hast? Auch egal. Vielleicht erinnerst du dich nicht mehr, aber als du keine Hände zeichnen konntest, habe ich dir gesagt, daß Scheitern auch eine Lernmethode ist. Das ist Quatsch. Ich möchte, daß du später mal schlauer bist als ich. Also hör zu, was ich aus meinen Pleiten gelernt habe: Wenn du nicht gleich Erfolg hast, wirst du nie welchen haben, also gib gleich auf.«

Onkel Lesters Stimme war so leise, als käme sie aus seinen Füßen, die sich jetzt in Richtung Kellertreppe bewegten. »Onkel Lester«, sagte Jimmy und reichte ihm einen großen braunen Umschlag.

»Bitte keine Comics mehr«, sagte Onkel Lester.

»Aber es ist wichtig«, beharrte Jimmy. Onkel Lester

schaute zur Treppe, als wollte er sie gleich hinaufstürmen. »Onkel Lester«, wiederholte Jimmy derart bestimmt, daß Lester nichts anderes übrig blieb, als den Umschlag zu nehmen, ihn zu öffnen und den Inhalt zu begutachten.

Mutter und Vater hatten es satt, oben an der Haustür zu warten, bis Onkel Lester aus dem Keller kam und mit seinem Hund nach Hause fuhr. Lisi war schon vor einer Weile ins Bett gegangen. »Sieh doch mal nach, wo sie so lange bleiben«, sagte Mutter.

»Lester ist doch *dein* Bruder«, erwiderte Vater.

»Aber du kannst so was besser als ich«, meinte Mutter.

»Das ist wirklich ein schlechter Zeitpunkt, um mich anzulügen«, sagte Vater.

Und so kam es, daß Mutter die Kellertreppe hinunterstieg, wo Onkel Lester und Jimmy sich so fest umarmten, daß kaum zu erkennen war, wo der eine anfing und der andere aufhörte. Onkel Lester schwankte und wippte wie ein kleines Boot in stürmischer See. Und Jimmy klammerte sich, als ginge es um sein Leben, an ihm fest, damit er nicht über Bord gespült wurde. Mutter meinte schon Meeresrauschen zu hören, aber die Geräusche kamen von Onkel Lester: ein glucksendes, bellendes Keuchen, als ob Meeresfluten gegen Felsen donnerten. Onkel Lester lachte doch tatsächlich! Oder weinte er? Oder tat er beides gleichzeitig? Mutter wußte es nicht, aber was es auch war, es kam tief aus seinem Innern. Hatte ihr geliebter Bruder denn jetzt völlig den Verstand verloren? Sie ahnte schon Böses, da warf ihr Jimmy, halb versteckt in Onkel Lesters Armen, das strahlendste Lächeln seines Lebens zu.

Die meeresähnlichen Geräusche von Onkel Lester verwandelten sich in Worte und dann in ein Lied:

Danke, danke, dankeschön,
für dein herzensgutes
für dein hochverehrtes
für dein heißgeliebtes
für dein himmliches
Geschenk.

Das war unverkennbar seine alte Stimme, auch wenn sie sich vor Rührung überschlug und beinahe versagte.

Jimmy bohrte seinen Kopf tief in Onkel Lesters Schulter, so daß der den rechten Arm hochheben mußte, damit er besser zufassen konnte. In der rechten Hand hielt er ein Blatt Papier, das Mutter erst jetzt entdeckte. Onkel Lester hielt es ganz fest, als ob es ihm alles auf der Welt bedeutete. Mutter versuchte zu erkennen, was auf dem Blatt war, aber es gelang ihr nicht. Deshalb stieg sie leise und schnell die Treppe herunter, damit sie besser sehen konnte.

Sieh selbst nach, es ist auf der letzten Seite in diesem Buch.

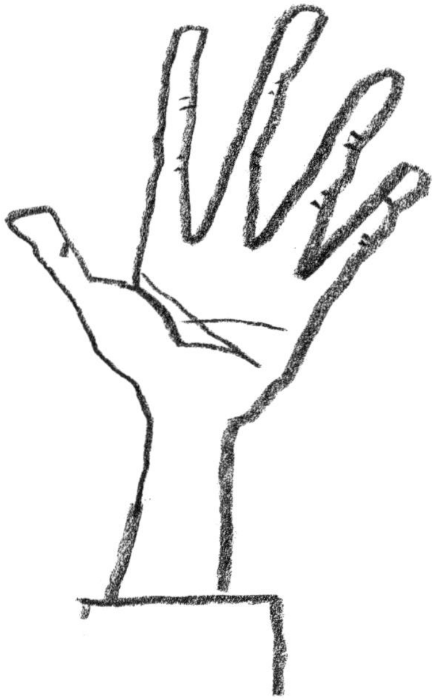

Jimmy
Jibbett